Le roi Lea

William Shakespeare

(Translator: François Guizot)

Alpha Editions

This edition published in 2023

ISBN : 9789357931243

Design and Setting By
Alpha Editions
www.alphaedis.com
Email - info@alphaedis.com

Contents

NOTICE SUR LE ROI LEAR

En l'an du monde 3105, disent les chroniques, pendant que Joas régnait à Jérusalem, monta sur le trône de la Bretagne Leir, fils de Baldud, prince sage et puissant, qui maintint son pays et ses sujets dans une grande prospérité, et fonda la ville de Caeirler, maintenant Leicester. Il eut trois filles, Gonerille, Régane et Cordélia, de beaucoup la plus jeune des trois et la plus aimée de son père. Parvenu à une grande vieillesse, et l'âge ayant affaibli sa raison, Leir voulut s'enquérir de l'affection de ses filles, dans l'intention de laisser son royaume à celle qui mériterait le mieux la sienne. «Sur quoi il demanda d'abord à Gonerille, l'aînée, comment bien elle l'aimait; laquelle appelant ses dieux en témoignage, protesta qu'elle l'aimait plus que sa propre vie, qui, par droit et raison, lui devait être très-chère; de laquelle réponse le père, étant bien satisfait, se tourna à la seconde, et s'informa d'elle combien elle l'aimait; laquelle répondit (confirmant ses dires avec de grands serments) qu'elle l'aimait plus que la langue ne pouvait l'exprimer, et bien loin au-dessus de toutes les autres créatures du monde.» Lorsqu'il fit la même question à Cordélia, celle-ci répondit: «Connaissant le grand amour et les soins paternels que vous avez toujours portés en mon endroit (pour laquelle raison je ne puis vous répondre autrement que je ne pense et que ma conscience me conduit), je proteste par-devant vous que je vous ai toujours aimé et continuerai, tant que je vivrai, à vous aimer comme mon père par nature; et si vous voulez mieux connaître l'amour que je vous porte, assurez-vous qu'autant vous avez en vous, autant vous méritez, autant je vous aime, et pas davantage.» Le père, mécontent de cette réponse, maria ses deux filles aînées, l'une à Henninus, duc de Cornouailles, et l'autre à Magtanus, duc d'Albanie, les faisant héritières de ses États, après sa mort, et leur en remettant dès lors la moitié entre les mains. Il ne réserva rien pour Cordélia. Mais il arriva qu'Aganippus, un des douze rois qui gouvernaient alors la Gaule, ayant entendu parler de la beauté et du mérite de cette princesse, la demanda en mariage; à quoi l'on répondit qu'elle était sans dot, tout ayant été assuré à ses deux soeurs; Aganippus insista, obtint Cordélia et l'emmena dans ses États.

Cependant les deux gendres de Leir, commençant à trouver qu'il régnait trop longtemps, s'emparèrent à main armée de ce qu'il s'était réservé, lui assignant seulement un revenu pour vivre et soutenir son rang; ce revenu fut encore graduellement diminué, et ce qui causa à Leir le plus de douleur, cela se fit avec une extrême dureté de la part de ses filles, qui semblaient penser que tout «ce qu'avait leur père était de trop, si petit que cela fût jamais; si bien qu'allant de l'une à l'autre, Leir arriva à cette misère qu'elles lui accordaient à peine un serviteur pour être à ses ordres.» Le vieux roi, désespéré, s'enfuit du pays et se réfugia dans la Gaule, où Cordélia et son mari le reçurent avec de grands honneurs; ils levèrent une armée et équipèrent une flotte pour le reconduire dans ses États, dont il promit la succession à Cordélia, qui accompagnait son père et son mari dans cette expédition. Les deux ducs ayant été tués et leurs armées défaites dans une bataille que leur livra Aganippus, Leir remonta sur le trône et mourut au bout de deux ans, quarante ans après son premier avénement. Cordélia lui succéda et régna cinq ans; mais dans l'intervalle, son mari étant mort, les fils de ses soeurs, Margan et Cunedag, se soulevèrent contre elle, la vainquirent et l'enfermèrent dans une prison, où, «comme c'était une femme d'un courage mâle,» désespérant de recouvrer sa liberté, elle prit le parti de se tuer[1].

Note 1: (retour)

Chroniques de Hollinshed, Hist. of England, liv. II, ch. V, t. I, p. 12.

Ce récit de Hollinshed est emprunté à Geoffroi de Monmouth, qui a probablement bâti l'histoire de Leir sur une anecdote d'Ina, roi des Saxons, et sur la réponse de la plus «jeune et de la plus sage des filles» de ce roi, qui, dans une situation pareille à celle de Cordélia, répond de même à son père que, bien qu'elle l'aime, l'honore et révère autant que le demandent au plus haut degré la nature et le devoir filial, cependant elle pense qu'il pourra lui arriver un jour d'aimer encore plus ardemment son mari, avec qui, par les commandements de Dieu, elle ne doit faire qu'une même chair, et pour qui elle doit quitter père, mère, etc. Il ne paraît pas qu'Ina ait désapprouvé le «sage dire» de sa fille; et la suite de l'histoire de Cordélia est probablement un développement que l'imagination des chroniqueurs aura fondé sur cette première donnée. Quoi qu'il en soit, la colère et les malheurs du roi Lear avaient, avant Shakspeare, trouvé place dans plusieurs poëmes, et fait le sujet d'une pièce de théâtre et de plusieurs ballades. Dans une de ces ballades, rapportée par Johnson sous le titre de: *A lamentable song of the death of king Leir and his three daughters*, Lear, comme dans la tragédie, devient fou, et Cordélia ayant été tuée dans la bataille, que gagnent cependant les troupes du roi de France, son père meurt de douleur sur son corps, et ses soeurs sont condamnées à mort par le jugement «des lords et nobles du royaume.» Soit que la ballade ait précédé ou non la tragédie de Shakspeare, il est très-probable que l'auteur de la ballade et le poëte dramatique ont puisé dans une source commune, et que ce n'est pas sans quelque autorité que Shakspeare, dans son dénoûment, s'est écarté des chroniques qui donnent la victoire à Cordélia. Ce dénoûment a été changé par Tatel, et Cordélia rétablie dans ses droits. La pièce est demeurée au théâtre sous cette seconde forme, à la grande satisfaction de Johnson, et, dit M. Steevens, «des dernières galeries» *(upper gallery)*. Addison s'est prononcé contre ce changement.

Quant à l'épisode du comte de Glocester, Shakspeare l'a imité de l'aventure d'un roi de Paphlagonie, racontée dans l'*Arcadia* de Sidney; seulement, dans le récit original, c'est le bâtard lui-même qui fait arracher les yeux à son père, et le réduit à une condition semblable à celle de Lear. Léonatus, le fils légitime, qui, condamné à mort, avait été forcé de chercher du service dans une armée étrangère, apprenant les malheurs de son père, abandonne tout au moment où ses services allaient lui procurer un grade élevé, pour venir, au risque de sa vie, partager et secourir la misère du vieux roi. Celui-ci, remis sur son trône par le secours de ses amis, meurt de joie en couronnant son fils Léonatus; et Plexirtus, le bâtard, par un hypocrite repentir, parvient à désarmer la colère de son frère.

Il est évident que la situation du roi Lear et celle du roi de Paphlagonie, tous deux persécutés par les enfants qu'ils ont préférés, et secourus par celui qu'ils ont rejeté, ont frappé Shakspeare comme devant entrer dans un même sujet, parce qu'elles appartenaient à une même idée. Ceux qui lui ont reproché d'avoir ainsi altéré la simplicité de son action ont prononcé d'après leur système, sans prendre la peine d'examiner celui de l'auteur qu'ils critiquaient. On pourrait leur répondre, même en parlant des règles qu'ils veulent imposer, que l'amour des deux femmes pour Edmond qui sert à amener leur punition, et l'intervention d'Edgar dans cette portion du dénoûment, suffisent pour absoudre la pièce du reproche de duplicité d'action; car, pourvu que tout vienne se réunir dans un même noeud facile à saisir, la simplicité de la marche d'une action dépend beaucoup moins du nombre des intérêts et des personnages qui y concourent que du jeu naturel et clair des ressorts qui la font mouvoir. Mais, de plus, il ne faut jamais oublier que l'unité, pour Shakspeare, consiste dans une idée dominante qui, se reproduisant sous diverses formes, ramène, continue, redouble sans cesse la même impression. Ainsi comme, dans *Macbeth*, le poëte montre l'homme aux prises avec les passions du crime, de même dans *le Roi Lear*, il le fait voir aux prises avec le malheur, dont l'action se modifie selon les divers caractères des individus qui le subissent. Le premier spectacle qu'il nous offre, c'est dans Cordélia, Kent, Edgar, le malheur de la vertu ou de l'innocence persécutée. Vient ensuite le malheur de ceux qui, par leur passion ou leur aveuglement, se sont rendus les instruments de l'injustice, Lear et Glocester; et c'est sur eux que porte l'effort de la pitié. Quant aux scélérats, on ne doit point les voir souffrir; le spectacle de leur malheur serait troublé par le souvenir de leur crime: ils ne peuvent avoir de punition que par la mort.

De ces cinq personnages soumis à l'action du malheur, Cordélia, figure céleste, plane presque invisible et à demi voilée sur la composition qu'elle remplit de sa présence, bien qu'elle en soit presque toujours absente. Elle souffre, et ne se plaint ni ne se défend jamais; elle agit, mais son action ne se montre que par les résultats; tranquille sur son propre sort, réservée et contenue dans ses sentiments les plus légitimes, elle passe et disparaît comme l'habitant d'un monde meilleur, qui a traversé notre monde sans subir le mouvement terrestre.

Kent et Edgar ont chacun une physionomie très-prononcée: le premier est, ainsi que Cordélia, victime de son devoir: le second n'intéresse d'abord que par son innocence; entré dans le malheur en même temps, pour ainsi dire, que dans la vie, également neuf à l'un et à l'autre, Edgar s'y déploie graduellement, les apprend à la fois, et découvre en lui-même, selon le besoin, les qualités dont il est doué; à mesure qu'il avance, s'augmentent et ses devoirs, et ses difficultés, et son importance: il grandit et devient un homme; mais en même temps, il apprend combien il en coûte; et il reconnaît à la fin, en le soutenant avec noblesse et courage, tout le poids du fardeau qu'il avait porté d'abord presque avec gaieté. Kent, au contraire, vieillard sage et ferme, a, dès le premier moment, tout su, tout prévu; dès qu'il entre en action, sa marche est arrêtée, son but fixé. Ce n'est point, comme Edgar, la nécessité qui le pousse, le hasard qui vient à sa rencontre; c'est sa volonté qui le détermine; rien ne la change ni ne la trouble; et le spectacle du malheur auquel il se dévoue lui arrache à peine une exclamation de douleur.

Lear et Glocester, dans une situation analogue, en reçoivent une impression qui correspond à leurs divers caractères. Lear, impétueux, irritable, gâté par le pouvoir, par l'habitude et le besoin de l'admiration, se révolte et contre sa situation et contre sa propre conviction; il ne peut croire à ce qu'il sait; sa raison n'y résiste pas: il devient fou. Glocester, naturellement faible, succombe à la misère, et ne résiste pas davantage à la joie: il meurt en reconnaissant Edgar. Si Cordélia vivait, Lear retrouverait encore la force de vivre; il se brise par l'effort de sa douleur.

A travers la confusion des incidents et la brutalité des moeurs, l'intérêt et le pathétique n'ont peut-être jamais été portés plus loin que dans cette tragédie. Le temps où Shakspeare a pris son action semble l'avoir affranchi de toute forme convenue; et de même qu'il ne s'est point inquiété de placer, huit cents ans avant Jésus-Christ, un roi de France, un duc d'Albanie, un duc de Cornouailles, etc., il ne s'est pas préoccupé de la nécessité de rapporter le langage et les personnages à une époque déterminée; la seule trace d'une intention qu'on puisse remarquer dans la couleur générale du style de la pièce, c'est le vague et l'incertitude des constructions grammaticales, qui semblent appartenir à une langue encore tout à fait dans l'enfance; en même temps un assez grand nombre d'expressions rapprochées du français indiquent une époque, sinon correspondante à celle où est supposé exister le roi Lear, du moins fort antérieure à celle où écrivait Shakspeare.

Le roi Lear de Shakspeare fut joué pour la première fois en 1606, au moment de Noël. La première édition est de 1608, et porte ce titre: «Véritable Chronique et Histoire de la Vie et de la Mort du Roi Lear et de ses Trois Filles, par M. William Shakspeare. Avec la Vie infortunée d'Edgar, Fils et Héritier du Comte de Glocester, et son Déguisement sous le nom de Tom de Bedlam:—Comme elle a été jouée devant la Majesté du Roi, à White Hall, le soir de Saint-Étienne, pendant les Fêtes de Noël, par les Acteurs de Sa Majesté, jouant ordinairement au Globe, près de la Banque.»

PERSONNAGES

LEAR, roi de la Grande-Bretagne.

LE ROI DE FRANCE.

LE DUC DE BOURGOGNE.

LE DUC DE CORNOUAILLES.

LE DUC D'ALBANIE.

LE COMTE DE GLOCESTER.

LE COMTE DE KENT.

EDGAR, fils de Glocester.

EDMOND, fils bâtard de Glocester.

CURAN, courtisan.

UN VIEILLARD, vassal de Glocester.

UN MÉDECIN.

LE FOU du roi Lear.

OSWALD, intendant de Gonerille.

UN OFFICIER employé par Edmond.

UN GENTILHOMME attaché à Cordélia.

UN HÉRAUT.

SERVITEURS du duc de Cornouailles.

GONÈRILLE,

RÉGANE,

CORDÉLIA, filles du roi Lear.

CHEVALIERS DE LA SUITE DU ROI LEAR, OFFICIERS, MESSAGERS, SOLDATS ET SERVITEURS.

ACTE PREMIER

SCÈNE I

Salle d'apparat dans le palais du roi Lear.

Entrent KENT, GLOCESTER, EDMOND.

KENT.—J'avais toujours cru au roi plus d'affection pour le duc d'Albanie que pour le duc de Cornouailles.

GLOCESTER.—C'est ce qui nous avait toujours paru; mais aujourd'hui, dans le partage de son royaume, rien n'indique quel est celui des deux ducs qu'il préfère: l'égalité y est si exactement observée, qu'avec toute l'attention possible on ne pourrait faire un choix entre les deux parts.

KENT.—N'est-ce pas là votre fils, milord?

GLOCESTER.—Son éducation, seigneur, a été à ma charge; et j'ai tant de fois rougi de le reconnaître, qu'à la fin je m'y suis endurci.

KENT.—Je ne saurais concevoir...

GLOCESTER.—C'est ce qu'a très-bien su faire, seigneur, la mère de ce jeune homme: aussi son ventre en a-t-il grossi, et elle s'est trouvée avoir un fils dans son berceau avant d'avoir un mari dans son lit. Maintenant entrevoyez-vous la faute?

KENT.—Je ne voudrais pas que cette faute n'eût pas été commise, puisque l'issue en a si bien tourné.

GLOCESTER.—Mais c'est que j'ai aussi, seigneur, un fils légitime qui est l'aîné de celui-ci de quelques années, et qui cependant ne m'est pas plus cher. Le petit drôle est arrivé, à la vérité, un peu insolemment dans ce monde avant qu'on l'y appelât; mais sa mère était belle; j'ai eu ma foi du plaisir à le faire, et il faut bien le reconnaître, le coquin[2]!—Edmond, connaissez-vous ce noble gentilhomme?

Note 2: (retour)

The whoreson.

EDMOND.—Non, milord.

GLOCESTER.—C'est le lord de Kent.—Souvenez-vous-en comme d'un de mes plus honorables amis.

EDMOND.—Je prie Votre Seigneurie de me croire à son service.

KENT.—Je vous aimerai certainement et chercherai à faire avec vous plus ample connaissance.

EDMOND.—Seigneur, je mettrai mes soins à mériter votre estime.

GLOCESTER.—Il a été neuf ans hors du pays, et il faudra qu'il s'absente encore. *(Trompettes au dehors.)*—Voici le roi qui arrive.

(Entrent Lear, le duc de Cornouailles, le duc d'Albanie, Gonerille, Régane, Cordélia; suite.)

LEAR.—Glocester, vous accompagnerez le roi de France et le duc de Bourgogne.

GLOCESTER.—Je vais m'y rendre, mon souverain.

(Il sort.)

LEAR.—Nous cependant, nous allons manifester ici nos plus secrètes résolutions. Qu'on place la carte sous mes yeux. Sachez que nous avons divisé notre royaume en trois parts, étant fermement résolu de soulager notre vieillesse de tout souci et affaire pour en charger de plus jeunes forces, et nous traîner vers la mort délivré de tout fardeau.—Notre fils de Cornouailles, et vous qui ne nous êtes pas moins attaché, notre fils d'Albanie, nous sommes déterminés à régler publiquement, dès cet instant, la dot de chacune de nos filles, afin de prévenir par là tous débats dans l'avenir. L'amour retient depuis longtemps dans notre cour le roi de France et le duc de Bourgogne, rivaux illustres pour l'amour de notre plus jeune fille: je vais ici répondre à leur demande.—Dites-moi, mes filles (puisque nous voulons maintenant nous dépouiller tout à la fois de l'autorité, des soins de l'État et de tout intérêt de propriété), quelle est celle de vous dont nous pourrons nous dire le plus aimé, afin que notre libéralité s'exerce avec plus d'étendue là où elle sera sollicitée par des mérites plus grands?—Vous, Gonerille, notre aînée, parlez la première.

GONÈRILLE.—Je vous aime, seigneur, de plus d'amour que n'en peuvent exprimer les paroles; plus chèrement que la vue, l'espace et la liberté; au delà de tout ce qui existe de précieux, de riche ou de rare. Je vous aime à l'égal de la vie accompagnée de bonheur, de santé, de beauté, de grandeur. Je vous aime autant qu'un enfant ait jamais aimé, qu'un père l'ait jamais été. Trouvez un amour que l'haleine ne puisse suffire, et les paroles parvenir à exprimer; eh bien! je vous aime encore davantage.

CORDÉLIA, à *part*.—Que pourra faire Cordélia? Aimer et se taire.

LEAR.—Depuis cette ligne éloignée jusqu'à celle-ci, toute cette enceinte riche d'ombrageuses forêts, de campagnes et de rivières abondantes, de champs aux vastes limites, nous t'en faisons maîtresse, qu'elle soit à jamais assurée à votre prospérité, à toi et au duc d'Albanie.—Que répond notre seconde fille, notre bien-aimée Régane, l'épouse de Cornouailles? Parle.

RÉGANE.—Je suis faite du même métal que ma soeur, et je m'estime à sa valeur. Dans la sincérité de mon coeur, je trouve qu'elle a défini précisément l'amour que je ressens: seulement elle n'a pas été assez loin; car moi, je me déclare ennemie de toutes les autres joies contenues dans le domaine des sentiments les plus précieux, et ne puis trouver de félicité que dans l'affection de Votre chère Majesté.

CORDÉLIA, *à part*.—Ah! pauvre Cordélia! Mais non, cependant, puisque je suis sûre que mon amour est plus riche que ma langue.

LEAR, *à Régane*.—Toi et les tiens vous posséderez héréditairement ce grand tiers de notre beau royaume, portion égale en étendue, en valeur, en agrément, à celle que j'ai assurée à Gonerille.—Et vous maintenant, qui pour avoir été ma dernière joie n'en fûtes pas la moins chère, vous dont les vignobles de la France et le lait de la Bourgogne sollicitent à l'envi les jeunes amours, qu'avez-vous à dire qui puisse vous attirer un troisième lot, plus riche encore que celui de vos soeurs? Parlez.

CORDÉLIA.—Rien, seigneur.

LEAR.—Rien?

CORDÉLIA.—Rien.

LEAR.—Rien ne peut venir de rien, parlez donc.

CORDÉLIA.—Malheureuse que je suis, je ne puis élever mon coeur jusque sur mes lèvres. J'aime Votre Majesté comme je le dois, ni plus ni moins.

LEAR.—Comment, comment, Cordélia? Corrigez un peu votre réponse, de peur qu'elle ne ruine votre fortune.

CORDÉLIA.—Mon bon seigneur, vous m'avez donné le jour, vous m'avez élevée, vous m'avez aimée: je vous rends en retour tous les devoirs qui me sont justement imposés; je vous obéis, je vous aime et vous révère autant qu'il est possible. Mais pourquoi mes soeurs ont-elles des maris, si elles disent n'aimer au monde que vous? Il peut arriver, quand je me marierai, que l'époux dont la main recevra ma foi emporte la moitié de ma tendresse, la moitié de mes soins et de mes devoirs. Sûrement je ne me marierai jamais comme mes soeurs, pour n'aimer au monde que mon père.

LEAR.—Mais dis-tu ceci du fond du coeur?

CORDÉLIA.—Oui, mon bon seigneur.

LEAR.—Si jeune et si peu tendre!

CORDÉLIA.—Si jeune et si vraie, mon seigneur.

LEAR.—A la bonne heure. Que ta véracité soit donc ta dot; car, par les rayons sacrés du soleil, par les mystères d'Hécate et de la Nuit, par les influences de ces globes célestes par lesquels nous existons et nous mourons, j'abjure ici tous mes sentiments paternels, tous les liens, tous les droits du sang, et je te tiens de ce moment et à jamais pour étrangère à mon coeur et à moi. Le Scythe barbare, et celui qui fait de ses enfants l'aliment dont il assouvit sa faim, seront aussi proches de mon coeur, de ma pitié et de mes secours, que toi qui as été ma fille.

KENT.—Mon bon maître...

LEAR.—Taisez-vous, Kent; ne vous mettez point entre le dragon et sa colère. Je l'ai aimée plus que personne, et je voulais confier mon repos aux soins de sa tendresse.—Sors d'ici, et ne te présente pas à ma vue.—Puissé-je trouver la paix dans le tombeau, comme je lui retire ici le coeur de son père!—Qu'on fasse venir le roi de France.—M'obéit-on?—Appelez le duc de Bourgogne.—Cornouailles, Albanie, avec la dot de mes filles acceptez encore ce tiers. Que cet orgueil qu'elle appelle franchise serve à la marier. Je vous investis en commun de ma puissance, de mon rang, et de ces vastes prérogatives qui accompagnent la majesté royale. Nous et cent chevaliers que nous nous réservons, entretenus à vos frais, nous vivrons alternativement durant un mois chez chacun de vous, retenant seulement le nom de roi et les titres qui s'y rattachent. Nous vous abandonnons, fils chéris, l'autorité, les revenus et le soin de régler *tout* le reste, et, pour le prouver, partagez entre vous cette couronne. (*Il leur donne sa couronne.*)

KENT.—Royal Lear, vous que j'ai toujours honoré comme mon roi, aimé comme mon père, suivi comme mon maître, et rappelé dans mes prières comme mon puissant patron...

LEAR.—L'arc est bandé et tiré; évite le trait.

KENT.—Qu'il tombe sur moi, dût le fer pénétrer dans la région de mon coeur! Kent peut manquer au respect quand Lear devient insensé.—Que me feras-tu, vieillard?—Penses-tu que le devoir puisse craindre de parler quand le devoir fléchit devant la flatterie? L'honneur est tenu à la franchise, quand la majesté souveraine s'abaisse à la démence. Rétracte ton arrêt; répare, par une plus mûre délibération, ta monstrueuse précipitation. Que ma vie réponde ici de mon jugement: ta plus jeune fille n'est pas celle qui t'aime le moins; ce ne sont pas des coeurs vides, ceux dont le son peu élevé ne retentit point d'un bruit creux.

LEAR.—Kent, sur ta vie, pas un mot de plus.

KENT.—Je n'ai jamais regardé ma vie que comme un pion[3] à hasarder contre tes ennemis; je ne crains pas de la perdre, si c'est pour te sauver.

LEAR, *en colère*.—Ote-toi de ma vue.

KENT.—Regardes-y mieux, Lear, et laisse-moi demeurer devant tes yeux comme leur fidèle point de vue[4].

Note 3: (retour)

Pawn, pion, allusion aux pièces de l'échiquier.

Note 4: (retour)

See better, Lear, and let me here remain the true blank of thine eye. Il y a lieu de soupçonner ici un jeu de mots sur le mot *blank*, blanc des yeux, ou *blank*, but. Il ne pouvait être rendu dans une traduction littérale.

LEAR.—Cette fois, par Apollon!...

KENT.—Cette fois, par Apollon, ô roi, tu prends le nom de tes dieux en vain.

LEAR, *mettant la main sur son épée*.—Vassal! mécréant!

ALBANIE ET CORNOUAILLES.—Cher seigneur, arrêtez.

KENT.—Continue, tue ton médecin, et donne le salaire à ta funeste maladie. Révoque tes dons, ou, tant que mes cris pourront s'échapper de ma poitrine, je te dirai que tu fais mal.

LEAR.—Écoute-moi, faux traître, sur ton allégeance, écoute-moi: comme tu as tenté de nous faire violer notre serment, ce que nous n'avons encore jamais osé, et que les efforts de ton orgueil ont voulu se placer entre notre arrêt et notre pouvoir, ce que notre caractère ni notre rang ne nous permettent pas d'endurer, notre pouvoir ayant son plein effet, tu vas recevoir la récompense qui t'est due. Nous t'accordons cinq jours pour arranger tes affaires de manière à te mettre à couvert des détresses de ce monde; le sixième, tourne à notre royaume ton dos détesté; si, le dixième de ceux qui suivront, ton corps proscrit est trouvé dans l'étendue de notre domination, ce moment sera celui de ta mort. Va-t'en; par Jupiter! cet arrêt ne sera pas révoqué.

KENT.—Adieu, roi. Puisque c'est ainsi que tu te montres, la liberté vit loin d'ici, et l'exil est ici. *(A Cordélia.)*—Jeune fille, que les dieux te prennent sous leur puissante protection, toi qui penses juste et qui as parlé avec tant de sagesse!—*(A Régane et Gonerille.)* Vous, puissent vos actions justifier vos magnifiques discours, afin que de ces paroles d'affection puissent naître des effets salutaires!—C'est ainsi, princes, que Kent vous fait à tous ses adieux. Il va continuer son ancienne conduite dans un pays nouveau.

(Il sort.)

(Rentre Glocester, avec le roi de France, le duc de Bourgogne, et leur suite.)

GLOCESTER.—Voici, mon noble maître, le roi de France et le duc de Bourgogne.

LEAR.—Mon seigneur de Bourgogne, c'est à vous que nous adresserons le premier la parole, vous qui vous êtes déclaré le rival du roi dans la recherche de notre fille: quel est le moins que vous me demandiez actuellement pour sa dot, si je ne veux voir cesser vos poursuites amoureuses?

LE DUC DE BOURGOGNE.—Royale Majesté, je ne demande rien de plus que ce que m'a offert Votre Grandeur, et vous ne voudrez pas m'offrir moins.

LEAR.—Très-noble duc de Bourgogne, tant qu'elle nous fut chère, nous l'avions estimée à cette valeur; mais aujourd'hui elle est déchue de son prix.— Seigneur, la voilà devant vous: si quelque chose dans cette petite personne trompeuse, ou sa personne entière avec notre déplaisir par-dessus le marché, et rien de plus, paraît suffisamment agréable à Votre Seigneurie, la voilà, elle est à vous.

LE DUC DE BOURGOGNE.—Je ne sais que répondre.

LEAR.—Telle qu'elle est avec ses défauts, sans amis, tout récemment adoptée par ma haine, dotée de ma malédiction, et tenue pour étrangère par mon serment, voulez-vous, seigneur, la prendre ou la laisser?

LE DUC DE BOURGOGNE.—Pardonnez, seigneur roi; mais un choix ne se détermine pas sur de pareilles conditions.

LEAR.—Laissez-la donc, seigneur; car, par le maître qui m'a fait, je vous ai dit toute sa fortune.—*(Au roi de France.)* Pour vous, grand roi, je ne voudrais pas abuser de votre amour au point de vous unir à ce que je hais: ainsi, je vous en conjure, tournez votre inclination vers quelque autre objet qui en soit plus digne qu'une malheureuse que la nature a presque honte d'avouer pour sienne.

LE ROI DE FRANCE.—C'est quelque chose de bien étrange, que celle qui était, il n'y a qu'un moment encore, le premier objet de votre affection, le sujet de vos louanges, le baume de votre vieillesse, ce que vous aviez de meilleur et de plus cher, ait pu, dans l'espace d'un clin d'oeil, commettre une action assez monstrueuse pour être dépouillée de tous les replis de votre faveur! Sans doute il faut que son offense blesse la nature à tel point qu'elle en devienne un monstre; ou bien l'affection que vous lui aviez témoignée devient une tache pour Votre Majesté, ce que ma raison ne saurait m'obliger de croire sans le secours d'un miracle.

CORDÉLIA, *à son père.*—Je supplie Votre Majesté, bien que je manque de cet art onctueux et poli de parler sans avoir dessein d'accomplir, puisque je veux exécuter mes bonnes intentions avant d'en parler, de vouloir bien déclarer que ce n'est point une tache de vice, un meurtre ou une souillure, ni une action contre la chasteté, ni une démarche déshonorante, qui m'a privée de votre faveur et de vos bonnes grâces, mais que c'est pour n'avoir pas possédé, et c'est là ma richesse, cet oeil qui sollicite toujours, et cette langue que je me félicite de ne pas avoir, quoique pour ne l'avoir pas j'aie perdu votre tendresse.

LEAR.—Il vaudrait mieux pour toi n'être jamais née que de n'avoir pas su me plaire davantage.

LE ROI DE FRANCE.—N'est-ce que cela? une lenteur naturelle qui souvent néglige de raconter l'histoire de ce qu'elle va faire?—Monseigneur de Bourgogne, que dites-vous à cette dame? L'amour n'est point l'amour dès qu'il s'y mêle des considérations étrangères à son véritable objet. La voulez-vous? elle est une dot en elle-même.

LE DUC DE BOURGOGNE, *à Lear.*—Royal Lear, donnez-moi seulement la part que vous aviez d'abord offerte de vous-même; et ici, à l'instant même, je prends la main de Cordélia comme duchesse de Bourgogne.

LEAR.—Rien; je l'ai juré: je suis inébranlable.

LE DUC DE BOURGOGNE, *à Cordélia.*—Je suis vraiment fâché que vous ayez perdu votre père à tel point qu'il vous faille aussi perdre un époux.

CORDÉLIA.—La paix soit avec le duc de Bourgogne. Puisque ces considérations de fortune faisaient tout son amour, je ne serai point sa femme.

LE ROI DE FRANCE.—Belle Cordélia, toi qui n'en es que plus riche parce que tu es pauvre, plus précieuse parce que tu es délaissée, plus aimée parce qu'on te méprise, je m'empare de toi et de tes vertus: que le droit ne m'en soit pas refusé; je prends ce qu'on rejette.—Dieux, dieux! n'est-il pas étrange que leur froid dédain ait donné à mon amour l'ardeur d'une brûlante adoration?—Roi, ta fille sans dot, et jetée au hasard de mon choix, sera reine de nous, des nôtres, et de notre belle France. Tous les ducs de l'humide Bourgogne ne rachèteraient pas de moi cette fille si précieuse et si peu appréciée.—Cordélia, fais-leur tes adieux malgré leur dureté. Tu perds ce que tu possédais ici pour retrouver mieux ailleurs.

LEAR.—Elle est à toi, roi de France; qu'elle t'appartienne; cette fille n'est pas à moi, je ne reverrai jamais son visage: ainsi, va-t'en sans notre faveur, sans notre affection, sans notre bénédiction.—Venez, noble duc de Bourgogne.

(Fanfares.—Sortent Lear, les ducs de Bourgogne, de Cornouailles, d'Albanie, Glocester et suite.)

LE ROI DE FRANCE.—Faites vos adieux à vos soeurs.

CORDÉLIA.—Vous, les joyaux de notre père, Cordélia vous quitte les yeux baignés de larmes. Je vous connais pour ce que vous êtes, et, comme votre soeur, je n'en ai que plus de répugnance à appeler vos défauts par leurs noms. Soignez bien notre père; je le confie à vos coeurs qui ont professé tant d'amour. Mais, hélas! si j'étais encore dans ses bonnes grâces, je voudrais lui donner un meilleur asile. Adieu à toutes les deux.

RÉGANE.—Ne nous prescrivez pas notre devoir.

GONERILLE.—Étudiez-vous à contenter votre époux, qui vous a prise quand vous étiez à la charité de la fortune. Vous avez été avare de votre obéissance, et ce qui en a manqué méritait bien ce qui vous a manqué.

CORDÉLIA.—Le temps développera les replis où se cache l'artifice: la honte vient enfin insulter à ceux qui ont des fautes à cacher. Puissiez-vous prospérer!

LE ROI DE FRANCE.—Venez, ma belle Cordélia.

(Le roi de France et Cordélia sortent.)

GONERILLE.—Ma soeur, je n'ai pas peu de chose à vous dire sur ce qui nous touche de si près toutes les deux. Je crois que mon père doit partir d'ici ce soir.

RÉGANE.—Rien n'est plus certain; il va chez vous: le mois prochain ce sera notre tour.

GONERILLE.—Vous voyez combien sa vieillesse est pleine d'inconstance, et nous venons d'en avoir sous les yeux une assez belle preuve. Il avait toujours aimé surtout notre soeur: la pauvreté de sa tête se montre trop visiblement dans la manière dont il vient de la chasser.

RÉGANE.—C'est la faiblesse de l'âge. Cependant il n'a jamais su que très-médiocrement ce qu'il faisait.

GONERILLE.—Dans son meilleur temps, et dans la plus grande force de son jugement, il a toujours été très-inconsidéré. Il faut donc nous attendre qu'aux défauts invétérés de son caractère naturel l'âge va joindre encore les humeurs capricieuses qu'amène avec elle l'infirme et colère vieillesse.

RÉGANE.—Il y a toute apparence que nous aurons à essuyer de lui, par moments, des boutades pareilles à celle qui lui a fait bannir Kent.

GONERILLE.—Il est encore occupé à prendre congé du roi de France. Je vous en prie, concertons-nous ensemble. Si notre père, avec le caractère qu'il a, conserve quelque autorité, cet abandon qu'il vient de nous faire ne sera qu'une source d'affronts pour nous.

RÉGANE.—Nous y réfléchirons à loisir.

GONERILLE.—Il faut faire quelque chose, et dans la chaleur du moment.

(Elles sortent.)

SCÈNE II

Une salle dans le château du duc de Glocester.

EDMOND *tenant une lettre.*

EDMOND.—Nature, tu es ma divinité; c'est à toi que je dois mon obéissance. Pourquoi subirai-je la maladie de la coutume, et permettrai-je aux ridicules arrangements des nations de me dépouiller, parce que je serai de douze ou quatorze lunes le cadet d'un frère? Mais quoi, je suis un bâtard! pourquoi en serais-je méprisable, lorsque mon corps est aussi bien proportionné, mon esprit aussi élevé, et ma figure aussi régulière que celle du fils d'une honnête dame? Pourquoi donc nous insulter de ces mots de vil, de bassesse, de bâtardise? Vils! vils! nous qui, dans le vigoureux larcin de la nature, puisons une constitution plus forte et des qualités plus énergiques qu'il n'en entre dans un lit ennuyé, fatigué et dégoûté, dans la génération d'une tribu entière d'imbéciles engendrés entre le sommeil et le réveil! Ainsi donc, légitime Edgar, il faut que j'aie vos biens: l'amour de notre père appartient au bâtard Edmond comme au légitime Edgar. Légitime! le beau mot! A la bonne heure, mon cher légitime; mais si cette lettre réussit et que mon invention prospère, le vil Edmond passera par-dessus la tête du légitime Edgar.—Je grandis, je prospère! Maintenant, dieux! rangez-vous du parti des bâtards.

(Entre Glocester.)

GLOCESTER.—Kent banni de la sorte, et le roi de France parti en courroux! et le roi qui s'en va ce soir! qui délaisse son autorité!... réduit à sa pension! et tout cela fait bruyamment!—(*Il aperçoit Edmond.*) Edmond! Eh bien! quelles nouvelles?

EDMOND, *cachant la lettre.*—Sauf le bon plaisir de Votre Seigneurie, aucune.

GLOCESTER.—Pourquoi tant d'empressement à cacher cette lettre?

EDMOND.—Je ne sais aucune nouvelle, seigneur.

GLOCESTER.—Quel est ce papier que vous lisiez?

EDMOND.—Ce n'est rien, seigneur.

GLOCESTER.—Rien? Et pourquoi donc cette terrible promptitude à le faire rentrer dans votre poche? Rien n'est pas une qualité qui ait si grand besoin de se cacher. Voyons cela; allons, si ce n'est rien, je n'aurai pas besoin de lunettes.

EDMOND.—Je vous en conjure, seigneur, excusez-moi; c'est une lettre de mon frère que je n'ai pas encore lue en entier; mais j'en ai lu assez pour juger qu'elle n'est pas faite pour être mise sous vos yeux.

GLOCESTER.—Donnez-moi cette lettre, monsieur.

EDMOND.—Je commettrai une faute, soit que je vous la refuse, soit que je vous la donne. Son contenu, autant que j'en puis juger sur ce que j'en ai lu, est blâmable.

GLOCESTER.—Voyons, voyons.

EDMOND.—J'espère, pour la justification de mon frère, qu'il n'a écrit cette lettre que pour sonder, pour éprouver ma vertu.

GLOCESTER *lit*.—«Cet assujettissement, ce respect pour la vieillesse, rendent la vie amère à ce qu'il y a de meilleur de notre temps; ils nous retiennent notre fortune jusqu'à ce que l'âge nous ôte les moyens d'en jouir. Je commence à trouver bien sotte et bien débonnaire cette soumission à nous laisser opprimer par la tyrannie des vieillards, qui gouvernent non parce qu'ils ont la force, mais parce que nous le souffrons. Viens me trouver afin que je t'en dise davantage. Si mon père voulait dormir jusqu'à ce que je le réveillasse, tu jouirais à perpétuité de la moitié de son revenu, et tu vivrais le bien-aimé de ton frère Edgar.»—Hom, une conspiration! *Dormir jusqu'à ce que je le réveillasse... Tu jouirais de la moitié de son revenu...*—Mon fils Edgar! Il a pu trouver une main pour écrire ceci, un coeur et un cerveau pour le concevoir!—Quand avez-vous reçu cette lettre? qui vous l'a apportée?

EDMOND.—Elle ne m'a point été apportée, seigneur. Voici la ruse qu'on a employée: je l'ai trouvée jetée par la fenêtre de mon cabinet.

GLOCESTER.—Vous connaissez ces caractères pour être de votre frère?

EDMOND.—Si c'était une lettre qu'on pût approuver, seigneur, j'oserais jurer que c'est son écriture; mais pour celle-ci, je voudrais bien croire qu'elle n'est pas de lui.

GLOCESTER.—C'est son écriture!

EDMOND.—Oui, c'est sa main, seigneur; mais j'espère que son coeur n'a point de part à ce que contient cet écrit.

GLOCESTER.—Ne vous a-t-il jamais sondé sur cette affaire?

EDMOND.—Jamais, seigneur: seulement, je l'ai souvent entendu soutenir qu'il serait à propos, lorsque les enfants sont parvenus à la maturité, et que les pères commencent à pencher vers leur déclin, que le père devînt le pupille du fils, et le fils administrateur des biens du père.

GLOCESTER.—O scélérat! scélérat! voilà son système dans cette lettre. Odieux scélérat! fils dénaturé, exécrable, bête brute! pire encore que les bêtes brutes!—Allez, s'il vous plaît, le chercher. Je veux m'assurer de sa personne. Le scélérat abominable! où est-il?

EDMOND.—Je ne le sais pas bien, seigneur. Mais si vous consentiez à suspendre votre indignation contre mon frère jusqu'à ce que vous pussiez tirer de lui des preuves plus certaines de ses intentions, ce serait suivre une marche plus sûre: au lieu que si, en procédant violemment contre lui, vous veniez à vous méprendre sur ses desseins, ce serait une plaie profonde à votre honneur et vous briseriez un coeur soumis. J'ose engager ma vie pour lui, et garantir qu'il n'a écrit cette lettre que dans la vue d'éprouver mon attachement pour vous, et sans aucun projet dangereux.

GLOCESTER.—Le crois-tu?

EDMOND.—Si vous le jugez à propos, je vous placerai en un lieu d'où vous pourrez nous entendre conférer ensemble sur cette lettre, et vous satisfaire par vos propres oreilles; et cela, pas plus tard que ce soir.

GLOCESTER.—Il ne peut pas être un pareil monstre!

EDMOND.—Il ne l'est sûrement pas.

GLOCESTER.—Pour son père qui l'aime si tendrement, si complétement!—Ciel et terre! Edmond, trouvez-le; amenez-le par ici, je vous en prie; arrangez les choses selon votre prudence. Je donnerais ma fortune pour savoir la vérité.

EDMOND.—Je vais le chercher à l'instant, seigneur. Je conduirai la chose comme je trouverai moyen de le faire, et je vous en rendrai compte.

GLOCESTER.—Ces dernières éclipses de soleil et de lune ne nous présagent rien de bon. La raison peut bien, par les lois de la sagesse naturelle, les expliquer d'une ou d'autre manière; mais la nature ne s'en trouve pas moins très-souvent victime de leurs fatales conséquences. L'amour se refroidit, l'amitié s'éteint, les frères se divisent: dans les villes, des révoltes; dans les campagnes, la discorde; dans les palais, la trahison; et le noeud qui unit le père et le fils, brisé. Mon scélérat rentre dans la prédiction: c'est le fils contre le père. Le roi s'écarte du penchant de la nature: c'est le père contre l'enfant.—Nous avons vu notre meilleur temps: les machinations, les trames obscures, les trahisons, et tous les désordres les plus funestes vont nous suivre en nous tourmentant jusqu'à nos tombeaux.—Edmond, trouve-moi ce misérable, tu n'y perdras rien; agis avec prudence.—Et le noble et fidèle Kent banni! Son crime, c'est la probité! Étrange! étrange!

(Il sort.)

EDMOND *seul.*—Voilà bien la singulière impertinence du monde! Notre fortune se trouve-t-elle malade, souvent par une plénitude de mauvaise conduite, nous accusons de nos désastres le soleil, la lune et les étoiles, comme si nous étions infâmes par nécessité, imbéciles par une impérieuse volonté du ciel; fripons, voleurs et traîtres, par l'action invincible des sphères; ivrognes, menteurs et adultères, par une obéissance forcée aux influences des planètes; et que nous ne fissions jamais le mal que par la violence d'une impulsion divine. Admirable excuse du libertin, que de mettre ses penchants lascifs à la charge d'une étoile!—Mon père s'arrangea avec ma mère sous la queue du dragon, et ma naissance se trouva dominée par l'*Ursa major*, d'où il s'ensuit que je suis brutal et débauché. Bah! j'aurais été ce que je suis quand la plus vierge des étoiles du firmament aurait scintillé sur le moment qui a fait de moi un bâtard. (*Entre Edgar.*)—Edgar! il arrive à point comme la catastrophe d'une vieille comédie. Mon rôle à moi, c'est une mélancolie perfide, et un soupir comme ceux de Tom de Bedlam.—Oh! ces éclipses nous présageaient ces divisions: *fa, sol, la, mi*.

Note 5: (retour)

Il paraîtrait qu'on accordait aux dissonances en musique une sorte d'influence magique, ou au moins mystérieuse. Les moines qui, dans le moyen âge, ont écrit sur la musique, ont dit: Mi *contra* fa *est diabolicus.*

EDGAR.—Qu'est-ce que c'est, mon frère Edmond? nous voilà dans une sérieuse contemplation.

EDMOND.—Je rêvais, mon frère, à une prédiction que j'ai lue l'autre jour sur ce qui doit suivre ces éclipses.

EDGAR.—Est-ce que vous vous inquiétez de cela?

EDMOND.—Je vous assure que les effets dont elle parle ne s'accomplissent que trop malheureusement.—Des querelles dénaturées entre les enfants et les parents, des morts, des famines, des ruptures d'anciennes amitiés, des divisions dans l'État, des menaces et des malédictions contre le roi et les nobles, des méfiances sans fondement, des amis exilés, des cohortes dispersées, des mariages rompus, et je ne sais quoi encore.

EDGAR.—Depuis quand êtes-vous devenu sectateur de l'astronomie?

EDMOND.—Allons, allons; quand avez-vous vu mon père pour la dernière fois?

EDGAR.—Eh bien! hier au soir.

EDMOND.—Avez-vous causé avec lui?

EDGAR.—Oui, deux heures entières.

EDMOND.—Vous êtes-vous quittés en bonne intelligence? N'avez-vous remarqué dans ses paroles ou dans son air aucun signe de mécontentement?

EDGAR.—Aucun.

EDMOND.—Réfléchissez, en quoi vous avez pu l'offenser, et, je vous en conjure, évitez sa présence jusqu'à ce qu'un peu de temps ait modéré la violence de son ressentiment, si furieux en ce moment, qu'en vous faisant du mal il serait à peine apaisé.

EDGAR.—Quelque misérable m'aura calomnié.

EDMOND.—C'est ce que je crains. Je vous en prie, tenez-vous à l'écart jusqu'à ce que la fougue de sa colère soit un peu ralentie; et, comme je vous le dis, retirez-vous avec moi dans mon appartement: là, je vous mettrai à portée d'entendre les discours de mon père. Allez, je vous en prie, voilà ma clef; et si vous sortez, sortez armé.

EDGAR.—Armé, mon frère!

EDMOND.—Mon frère, ce que je vous dis est pour le mieux: allez armé. Que je ne sois pas un honnête homme si l'on a de bonnes intentions à votre égard. Je vous dis ce que j'ai vu et entendu, mais bien faiblement, et rien qui approche de la réalité et de l'horreur de la chose. De grâce, éloignez-vous.

EDGAR.—Aurai-je bientôt de vos nouvelles?

EDMOND.—Je vais m'employer pour vous dans tout ceci. *(Edgar sort.)*—Un père crédule, un frère généreux dont le naturel est si loin de toute malice qu'il n'en soupçonne aucune dans autrui, et dont mes artifices gouverneront à l'aise la sotte honnêteté: voilà l'affaire. Le bien me viendra sinon par ma naissance, du moins par mon esprit. Tout m'est bon, si je puis le faire servir à mes vues.

(Il sort.)

SCÈNE III

Appartement dans le palais du duc d'Albanie.

GONERILLE, OSWALD.

GONERILLE.—Est-il vrai que mon père ait frappé mon écuyer parce qu'il réprimandait son fou?

OSWALD.—Oui, madame.

GONERILLE.—Par le jour et la nuit! c'est m'insulter. A chaque instant, il s'emporte de façon ou d'autre à quelque énorme sottise qui nous met tous en désarroi: je ne l'endurerai pas. Ses chevaliers deviennent tapageurs, et lui-même il se fâche contre nous pour la moindre chose.—Il va revenir de la chasse; je ne veux pas lui parler. Vous lui direz que je suis malade, et vous ferez bien de vous ralentir dans votre service auprès de lui: j'en prends sur moi la faute.

OSWALD.—Le voilà qui vient, madame; je l'entends.

(On entend le son des cors.)

GONERILLE.—Mettez dans votre service tout autant d'indifférence et de lassitude qu'il vous plaira, vous et vos camarades. Je voudrais qu'il s'en plaignît. S'il le trouve mauvais, qu'il aille chez ma soeur, son intention, je le sais, et la mienne, s'accordant parfaitement en ce point que nous ne voulons pas être maîtrisées. Un vieillard inutile qui voudrait encore exercer tous ces pouvoirs qu'il a abandonnés!—Sur ma vie, ces vieux radoteurs redeviennent des enfants, et il faut les mener par la rigueur: quand ils se voient caressés ils en abusent[6]. Souvenez-vous de ce que je vous ai dit.

Note 6: (retour)

As flatteries—when they are seen abused. Les commentateurs n'ont pu s'accorder sur ce passage, et aucun ne paraît l'avoir entendu dans son vrai sens, que je crois être mot à mot celui-ci: *puisque les flatteries* ou *les caresses, quand ils les voient ils en abusent.* Cette version serait incontestable s'il y avait un second tiret entre *seen* et *abused*:—*when they are seen*—se trouverait ainsi entre deux tirets formant parenthèse; mais le mot *are*, qui s'applique en même temps à *seen* et à *abused*, n'aura probablement pas permis d'isoler ainsi cette partie de la phrase où il se trouve contenu. Le vague des constructions et des expressions dans le *Roi Lear* oblige souvent de décider sur le sens d'après les vraisemblances morales, plutôt que d'après aucune règle ou même aucune habitude grammaticale.

OSWALD.—Très-bien, madame.

GONERILLE.—Et traitez ses chevaliers avec plus de froideur: ne vous inquiétez pas de ce qui pourra en arriver. Prévenez vos camarades d'en agir de même. Je voudrais trouver en ceci, et j'en viendrai bien à bout, une occasion de m'expliquer. Je vais tout à l'heure écrire à ma soeur, et lui recommander la même conduite.—Qu'on serve le dîner.

(Ils sortent.)

SCÈNE IV

Une salle du palais.

Entre KENT *déguisé.*

KENT.—Si je puis seulement réussir à emprunter des accents qui déguisent ma voix, il se peut faire que les bonnes intentions qui m'ont engagé à déguiser mes traits obtiennent leur plein effet. Maintenant, Kent le banni, si tu peux te rendre utile dans ces lieux où tu vis condamné, (et puisse-t-il en être ainsi!) ton maître chéri te retrouvera plein de zèle.

(Cors de chasse. Lear paraît avec ses chevaliers et sa suite.)

LEAR.—Qu'on ne me fasse pas attendre le dîner une seule minute: allez, servez-le. (*Sort un domestique.*)—Ah! ah! qui es-tu, toi?

KENT.—Un homme, seigneur.

LEAR.—Qu'est-ce que tu sais faire? Que veux-tu de nous?

KENT.—Je sais n'être pas au-dessous de ce que je parais; servir fidèlement celui qui aura confiance en moi; aimer celui qui est honnête; converser avec celui qui est sage et qui parle peu; redouter les jugements; me battre quand je ne peux pas faire autrement; et ne pas manger de poisson[7].

Note 7: (retour)

And to eat no fish. Manger du poisson était en Angleterre, du temps d'Élisabeth, un signe de catholicisme, et par conséquent réprouvé par l'opinion. La phrase populaire pour désigner un vrai patriote était: *C'est un honnête homme, il ne mange pas de poisson.* Il fallut, pour soutenir les pêcheries, qu'un acte du parlement ordonnât pendant quelques mois l'usage du poisson: cela s'appela le *carême de Cécil (Cecil's fast).* Dans *l'Énéide travestie,* la sibylle dit à Caron, pour l'engager à passer Énée, qu'il est *Point Mazarin,* fort honnête homme.

LEAR.—Qui es-tu?

KENT.—Un très-honnête garçon, aussi pauvre que le roi.

LEAR.—Si tu es aussi pauvre pour un sujet qu'il l'est pour un roi, tu es assez pauvre. Que veux-tu?

KENT.—Du service.

LEAR.—Qui voudrais-tu servir?

KENT.—Vous.

LEAR.—Me connais-tu, maraud?

KENT.—Non, seigneur; mais vous avez dans votre physionomie quelque chose qui fait que j'aimerais à vous dire: *Mon maître.*

LEAR.—Qu'est-ce que c'est?

KENT.—De l'autorité.

LEAR.—De quel service es-tu capable?

KENT.—Je puis garder d'honnêtes secrets; courir à cheval, à pied; gâter une histoire intéressante en la racontant, et rendre platement un simple message. Je suis propre à tout ce que peut faire le commun des hommes. Ce que j'ai de mieux, c'est l'activité.

LEAR.—Quel âge as-tu?

KENT.—Je ne suis pas assez jeune, seigneur, pour m'amouracher d'une femme à l'entendre chanter, ni assez vieux pour en raffoler n'importe pour quelle raison. J'ai sur les épaules quelque quarante-huit ans.

LEAR.—Suis-moi, tu vas me servir: si après le dîner tu ne me déplais pas plus qu'à présent, je ne te congédierai pas de sitôt.—Le dîner, holà! le dîner.—Où est mon petit drôle, mon fou? Allez me chercher mon fou. *(Entre Oswald.)*—Eh! vous, l'ami, où est ma fille?

OSWALD.—Avec votre permission...

(Il sort.)

LEAR.—Qu'est-ce qu'il a dit là? Rappelez-moi ce manant.—Où est mon fou? Holà! je crois que tout dort ici.—Eh bien! où est-il donc ce métis?

UN CHEVALIER.—Il dit, seigneur, que votre fille ne se porte pas bien.

LEAR.—Pourquoi ce gredin-là n'est-il pas revenu sur ses pas quand je l'ai appelé?

LE CHEVALIER.—Seigneur, il m'a déclaré tout bonnement qu'il ne le voulait pas.

LEAR.—Qu'il ne le voulait pas!

LE CHEVALIER.—Seigneur, je ne sais pas quelle en est la raison; mais, à mon avis, Votre Grandeur n'est pas accueillie avec cette affection respectueuse qu'on avait coutume de vous montrer. J'aperçois une grande diminution de bienveillance chez tous les gens de la maison, aussi bien que chez le duc lui-même et chez votre fille.

LEAR.—Vraiment! le penses-tu?

LE CHEVALIER.—Je vous prie de me pardonner, seigneur, si je me suis trompé; mais mon devoir ne peut se taire quand je crois Votre Majesté offensée.

LEAR.—Tu ne fais que me rappeler mes propres idées. Je me suis bien aperçu depuis peu de beaucoup de négligence; mais j'étais disposé plutôt à m'accuser moi-même d'une exigence trop soupçonneuse, qu'à y voir une conduite et une intention désobligeantes. J'y regarderai de plus près.—Mais où est mon fou? Je ne l'ai pas vu depuis deux jours.

LE CHEVALIER.—Depuis que ma jeune maîtresse est partie pour la France, seigneur, votre fou a bien dépéri.

LEAR.—En voilà assez là-dessus. Je l'ai bien remarqué. Allez, et dites à ma fille que je veux lui parler. *(Sort un chevalier.)*—Vous, allez me chercher mon fou. *(Sort un chevalier; rentre Oswald.)*—Eh! vous, l'ami! l'ami! approchez. Qui suis-je, s'il vous plaît?

OSWALD.—Le père de ma maîtresse.

LEAR.—Le père de ma maîtresse! et vous le valet de votre maître. Chien de bâtard! esclave! mâtin!

OSWALD.—Je ne suis rien de tout cela: je vous demande pardon, seigneur.

LEAR.—Je crois que tu t'avises de me regarder en face, insolent!

(Il le frappe.)

OSWALD.—Je ne veux pas être battu, seigneur.

KENT.—Ni donner du nez en terre non plus, mauvais joueur de ballon[8].

Note 8: (retour)

Base foot-ball player. Allusion aux mauvais joueurs de ballon, à qui le pied manque en courant.

(Il le prend par les jambes et le renverse.)

LEAR.—Je te remercie, ami; tu me rends service, et je t'aimerai.

KENT.—Allons, relevez-vous, mon maître, et dehors. Je vous apprendrai votre place. Hors d'ici! hors d'ici! Si vous voulez prendre encore la mesure d'un lourdaud, restez ici. Mais, dehors! allons, y pensez-vous? Dehors!

(Il pousse Oswald dehors.)

LEAR.—Tu es un garçon dévoué; je te remercie. Voilà les arrhes de ton service.

(Il lui donne de l'argent.)

(Entre le fou.)

LE FOU, *à Lear.*—Laisse-moi le prendre aussi à mes gages.—Tiens, voici ma cape[2].

(Il donne à Kent son bonnet.)

Note 9: (retour)

Coxcomb, nom du bonnet que portaient les fous, parce qu'il était surmonté d'une crête de coq, *cock's comb.*

LEAR.—Eh bien! pauvre petit, comment vas-tu?

LE FOU, *à Kent.*—Tu ferais bien de prendre ma cape.

KENT.—Pourquoi, fou?

LE FOU.—Pourquoi? parce que tu prends le parti de celui qui est dans la disgrâce. Vraiment, si tu ne sais pas sourire du côté où le vent souffle, tu auras bientôt pris froid. Allons, mets ma cape.—Eh! oui, cet homme a éloigné de lui deux de ses filles, et a rendu la troisième heureuse bien malgré lui. Si tu t'attaches à lui, il faut de toute nécessité que tu portes ma cape.—*(A Lear.)* Ma foi, noncle[10], je voudrais avoir deux capes et deux filles.

Note 10: (retour)

Nuncle, par contraction pour *mine uncle*, oncle à moi.

LEAR.—Pourquoi, mon garçon?

LE FOU.—Si je leur donnais tout mon bien, je garderais pour moi mes deux capes. Mais tiens, voilà la mienne; demandes-en une autre à tes filles.

LEAR.—Prends garde au fouet, petit drôle.

LE FOU.—La vérité est le dogue qui doit se tenir au chenil, et qu'on chasse à coups de fouet; pendant que *Lady*, la chienne braque, peut venir nous empester au coin du feu.

LEAR.—C'est une peste pour moi que ce coquin-là.

LE FOU.—Mon cher, je veux t'enseigner une sentence.

LEAR.—Voyons.

LE FOU.—Écoute bien, noncle.

Aie plus que tu ne montres;

Parle moins que tu ne sais;

Prête moins que tu n'as;

Va plus à cheval qu'à pied;

Apprends plus de choses que tu n'en crois;

Parie pour un point plus bas que celui qui te vient;

Quitte ton verre et ta maîtresse,

Et tiens-toi coi dans ta maison;

Et tu auras alors

Plus de deux dizaines à la vingtaine.

LEAR.—Cela ne signifie rien, fou.

LE FOU.—C'est, en ce cas, comme la harangue d'un avocat sans salaire: vous ne m'avez rien donné pour cela. Est-ce que vous ne savez pas tirer parti de rien, noncle?

LEAR.—Non, en vérité, mon enfant; on ne peut rien faire de rien.

LE FOU, *à Kent.*—Je t'en prie, dis-lui que c'est à cela que se monte le revenu de ses terres; il n'en voudrait pas croire un fou.

LEAR.—Tu es un fou bien mordant.

LE FOU.—Sais-tu, mon garçon, la différence qu'il y a entre un fou mordant et un fou débonnaire?

LEAR.—Non, petit; apprends-le moi.

LE FOU.

Ce lord qui t'a conseillé

De te dépouiller de tes domaines,

Viens, place-le ici près de moi;

Ou bien toi, prends sa place.

Le fou débonnaire et le fou mordant

Seront aussitôt en présence:

L'un ici en habit bigarré,

Et on trouvera l'autre là.

LEAR.—Est-ce que tu m'appelles fou, petit?

LE FOU.—Tu as cédé tous les autres titres que tu avais apportés en naissant.

KENT.—Ceci n'est pas tout à fait de la folie, seigneur.

LE FOU.—Non, en vérité; les lords et les grands personnages ne veulent rien me concéder. Si j'avais un monopole, il leur en faudrait leur part, et aux dames aussi: elles ne me laisseront pas les sottises à moi tout seul, elles en tireront leur lopin.—Donne-moi un oeuf, noncle, et je te donnerai deux couronnes.

LEAR.—Qu'est-ce que ce sera que ces deux couronnes?

LE FOU.—Voilà, quand j'aurai coupé l'oeuf par le milieu et mangé tout ce qui est dedans, je te donnerai les deux couronnes de l'oeuf[11]. Lorsque tu as fendu ta couronne par le milieu, et que tu as donné à droite et à gauche les deux moitiés, tu as porté ton âne sur ton dos, au milieu de la fange. Tu n'avais guère de cervelle dans la *couronne* chauve de ton crâne, lorsque tu as laissé aller ta couronne d'or. Si je parle ici comme un fou que je suis, que le premier qui le trouvera soit fouetté.

Note 11: (retour)

Les extrémités de la coquille de l'oeuf se nomment, en anglais, *the crowns of the egg*, les couronnes de l'oeuf.

(Il chante.)

Jamais les fous n'ont eu moins de vogue que cette année;

Car les sages sont devenus des écervelés;

Ils ne savent que faire de leur bon sens,

Tant leur conduite est baroque.

LEAR.—Et depuis quand, je vous en prie, êtes-vous si bien fourni de chansons, maraud?

LE FOU.—C'est mon usage, noncle, depuis que par ta grâce tes filles sont devenues ta mère, quand tu leur as donné les verges et que tu as mis bas tes culottes.

(Il chante.)

Alors, saisies de joie, elles ont pleuré;

Et moi, j'ai chanté dans mon chagrin

De ce qu'un roi tel que toi jouait à cligne-musette,

Et s'allait mettre avec les fous.

Je t'en prie, noncle, prends un maître qui puisse enseigner à ton fou à mentir: je voudrais bien apprendre à mentir.

LEAR.—Si vous mentez, vaurien, vous serez fouetté.

LE FOU.—Je me demande quelle parenté tu as avec tes filles. Elles veulent qu'on me fouette quand je dis la vérité, et toi tu veux me faire fouetter si je mens; et quelquefois encore je suis fouetté pour n'avoir rien dit. J'aimerais mieux être tout autre chose qu'un fou, et cependant je ne voudrais pas être toi, noncle: tu as rogné ton bon sens des deux côtés, sans rien laisser au milieu.—Tiens, voilà une des rognures.

(Entre Gonerille.)

LEAR.—Eh bien! ma fille, pourquoi as-tu mis ton bonnet de travers[12]? Depuis quelques jours, je vous trouve un peu trop refrognée.

Note 12: (retour)

What makes frontlet on? Que fait là ce bandeau sur ton front? *Frontlet* servait, à ce qu'il paraît, métaphoriquement pour exprimer l'air de mauvaise humeur.

LE FOU.—Tu étais un joli garçon, quand tu n'avais pas besoin de t'inquiéter si elle fronçait le sourcil; mais aujourd'hui te voilà un zéro en chiffres: je vaux mieux que toi maintenant; je suis un fou, et toi tu n'es rien.—Allons, par ma foi, je vais tenir ma langue. (*A Gonerille.*) Car votre figure me l'ordonne, quoique vous ne disiez rien, chut! chut!

Celui qui ne garde ni mie ni croûte,

Las de tout se trouvera pourtant manquer de quelque chose.

(*Montrant Lear.*) C'est une gousse de pois écossés.

GONERILLE.—Seigneur, ce n'est pas seulement votre fou à qui tout est permis, mais d'autres encore de votre insolente suite, qui censurent et se plaignent à toute heure, élevant sans cesse d'indécents tumultes qui ne sauraient se supporter. J'avais pensé que le plus sûr remède était de vous faire bien connaître ce qui se passe; mais je commence à craindre, d'après ce que vous avez tout récemment dit et fait vous-même, que vous ne protégiez cette conduite, et que vous ne l'encouragiez par votre approbation: si cela était, un pareil tort ne pourrait échapper à la censure, ni laisser dormir les moyens de répression. Peut-être dans l'emploi qu'on en ferait pour le rétablissement d'un ordre salutaire, vous arriverait-il de recevoir quelque offense dont on aurait honte dans tout autre cas, mais qu'on serait alors forcé de regarder comme une mesure de prudence.

LE FOU.—Car vous savez, noncle,

Que le moineau nourrit si longtemps le coucou,

Qu'il eut la tête enlevée par les petits.

Ainsi la chandelle s'est éteinte, et nous sommes restés dans l'obscurité.

LEAR, *à Gonerille*.—Êtes-vous notre fille?

GONERILLE.—Allons, seigneur, je voudrais vous voir user de cette raison solide dont je sais que vous êtes pourvu, et vous défaire de ces humeurs qui depuis quelque temps vous rendent tout autre que ce que vous êtes naturellement.

LE FOU.—Un âne ne peut-il pas savoir quand c'est la charrette qui traîne le cheval?—Dia, hue! cela va bien.

LEAR.—Quelqu'un me connaît-il ici? Ce n'est point là Lear. Lear marche-t-il ainsi? parle-t-il ainsi? Que sont devenus ses yeux? Ou son intelligence est affaiblie, ou son discernement est en léthargie.—Suis-je endormi ou éveillé?—Ah! sûrement il n'en est pas ainsi.—Qui pourra me dire qui je suis?—L'ombre de Lear? Je voudrais le savoir, car ces marques de souveraineté, ma mémoire, ma raison, pourraient à tort me persuader que j'ai eu des filles.

LE FOU.—Qui feront de vous un père obéissant.

LEAR.—Votre nom, ma belle dame?

GONERILLE.—Allons, seigneur, cet étonnement est tout à fait du genre de vos autres nouvelles facéties. Je vous conjure, prenez mes intentions en bonne part: vieux et respectable comme vous l'êtes, vous devriez être sage. Vous gardez ici cent chevaliers et écuyers, tous gens si désordonnés, si débauchés et si audacieux, que notre cour, corrompue par leur conduite, ressemble à une auberge de tapageurs: leurs excès et leur libertinage lui donnent l'air d'une taverne ou d'un mauvais lieu[13], beaucoup plus que du palais royal. La décence elle-même demande un prompt remède: laissez-vous donc prier, par une personne qui pourrait bien autrement prendre ce qu'elle demande, de consentir à diminuer un peu votre suite; et que ceux qui continueront à demeurer à votre service soient des gens qui conviennent à votre âge, et qui sachent se conduire et vous respecter.

Note 13: (retour)

A brothel.

LEAR.—Ténèbres et démons!—Sellez mes chevaux. Appelez ma suite.—Bâtarde dégénérée, je ne te causerai plus d'embarras.—Il me reste encore une fille.

GONERILLE.—Vous frappez mes gens, et votre canaille désordonnée veut se faire servir par ceux qui valent mieux qu'elle.

(Entre Albanie.)

LEAR.—Malheur à celui qui se repent trop tard! *(A Albanie.)*—Ah! vous voilà, monsieur! Sont-ce là vos intentions? parlez, monsieur.—Qu'on prépare mes chevaux.—Ingratitude! démon au coeur de marbre, plus hideuse quand tu te montres dans un enfant que ne l'est le monstre de la mer[14]!

Note 14: (retour)

Sea monster, hippopotame.

ALBANIE.—De grâce, seigneur, modérez-vous.

LEAR, *à Gonerille.*—Vautour détesté, tu mens: les gens de ma suite sont des hommes choisis et du plus rare mérite, soigneusement instruits de leurs devoirs, et de la dernière exactitude à soutenir la dignité de leur nom.—Oh! combien tu me parus laide à voir, faute légère de Cordélia, qui, semblable à la géhenne[15], fis tout sortir dans la structure de mon être de la place qui lui était assignée, retiras tout amour de mon coeur, et vins grossir en moi le fiel. O Lear, Lear, Lear! *(Se frappant le front.)* Frappe à cette porte, qui a laissé échapper la raison et entrer la folie.—Partons, partons, mes amis.

Note 15: (retour)

Like an engine. Engine (engin, machine) était le nom de l'instrument ordinaire de la torture. *Géhenne* vient de la même source.

ALBANIE.—Seigneur, je suis aussi innocent qu'ignorant de ce qui vous a mis en colère.

LEAR.—Cela se peut, seigneur.—Entends-moi, ô nature! entends-moi, divinité chérie, entends-moi! Suspens tes desseins, si tu te proposais de rendre cette créature féconde: porte dans son sein la stérilité, dessèche en elle les organes de la reproduction, et qu'il ne naisse jamais de son corps dégénéré un enfant pour lui faire honneur!—Ou s'il faut qu'elle produise, fais naître d'elle un enfant de tristesse; qu'il vive pervers et dénaturé pour être son tourment; qu'il imprime dès la jeunesse des rides sur son front; que les larmes qu'il lui fera répandre creusent leurs canaux sur ses joues; que toutes les douleurs de sa mère, tous ses bienfaits, soient tournés par lui en dérision et en mépris, afin qu'elle puisse sentir combien la dent du serpent est moins cruelle que la douleur d'avoir un enfant ingrat!—Allons, partons, partons.

(Il sort.)

ALBANIE.—Mais, au nom des dieux que nous adorons, d'où vient donc tout ceci?

GONERILLE.—Ne vous tourmentez pas à en savoir la cause, et laissez-le radoter en pleine liberté au gré de son humeur.

(Rentre Lear.)

LEAR.—Comment! cinquante de mes chevaliers d'un seul coup, et cela au bout de quinze jours?

ALBANIE.—De quoi s'agit-il, seigneur?

LEAR.—Je te le dirai.—Mort et vie! (*A Gonerille.*) Je rougis que tu puisses à ce point ébranler ma force d'homme, et que tu sois digne encore de ces larmes brûlantes qui m'échappent malgré moi. Que les tourbillons et les brouillards t'enveloppent! que les incurables blessures de la malédiction d'un père frappent tous tes sens! Yeux d'un vieillard trop prompt à s'attendrir, encore des pleurs pour un pareil sujet, je vous arrache, et vous irez avec les larmes que vous laissez échapper amollir la dureté de la terre.—Ah! en sommes-nous venus là?—Eh bien! soit; il me reste encore une fille qui, j'en suis sûr, est tendre et secourable: quand elle apprendra ce que tu as fait, de ses ongles elle déchirera ton visage de louve; tu me verras reparaître sous cette forme dont tu crois que je me suis dépouillé pour jamais; tu le verras, je t'en réponds.

(Sortent Lear, Kent et la suite.)

GONERILLE.—Remarquez-vous ceci, seigneur?

ALBANIE.—Gonerille, tout l'amour que j'ai pour vous ne peut me rendre assez partial...

GONERILLE.—De grâce, soyez tranquille.—Holà, Oswald! (*Au fou.*)—Vous, l'ami, plus coquin que fou, suivez votre maître.

LE FOU.—Noncle Lear, noncle Lear, attends-moi, et emmène ton fou avec toi.

Un renard qu'on a pris

Et une fille de cette espèce

Seraient bientôt dépêchés,

Si de ma cape je pouvais acheter une corde.

C'est ainsi que le fou vous quitte le dernier.

(Il sort.)

GONERILLE.—Cet homme a été bien conseillé. Cent chevaliers! il serait en effet politique et prudent de lui laisser sous la main cent chevaliers tout prêts; oui, afin qu'à la moindre chimère, pour un mot, une fantaisie, au plus léger sujet de plainte ou de dégoût, il puisse, protégeant son radotage par ces forces, tenir nos vies à sa merci. Oswald, m'a-t-on entendu?

ALBANIE.—Vous pourriez pousser trop loin vos craintes.

GONERILLE.—Cela est plus sûr que de s'y fier. Laissez-moi continuer à tenir éloignés les maux que je crains, plutôt que de craindre toujours d'en être surprise. Je connais son coeur. Tout ce qu'il a dit là, je l'ai mandé à ma soeur. Si elle veut le soutenir lui et cent chevaliers, maintenant que je lui en ai montré tous les inconvéniens... (*Entre Oswald.*)—Eh bien! Oswald, avez-vous écrit cette lettre pour ma soeur?

OSWALD.—Oui, madame.

GONERILLE.—Prenez avec vous quelque suite, et montez promptement à cheval. Instruisez ma soeur tout au long de mes craintes particulières, et ajoutez-y les raisons que vous jugerez convenables pour leur donner plus de consistance. Allons, partez, et pressez votre retour. (*Oswald sort.*)—(*A Albanie.*) Non, non, seigneur, cette pacifique douceur et conduite que vous tenez, bien que je ne la blâme pas, vous attire plus souvent, souffrez que je vous le dise, le reproche de manquer de sagesse, qu'elle ne vaut d'éloges à votre dangereuse bonté.

ALBANIE.—Jusqu'où s'étend la portée de votre vue, c'est ce que j'ignore. En nous agitant pour trouver le mieux, nous gâtons souvent le bien.

GONERILLE.—Mais en ce cas...

ALBANIE.—Bien, bien; on verra l'événement.

(Ils sortent.)

SCÈNE V

Une cour devant le palais d'Albanie.

Entrent LEAR, KENT, LE FOU.

LEAR, *à Kent.*—Prenez les devants, et rendez-vous à Glocester avec cette lettre. N'informez ma fille de ce que vous pouvez savoir qu'autant qu'elle vous questionnera sur ma lettre. Si vous ne faites pas la plus grande diligence, j'y arriverai avant vous.

KENT.—Je ne dormirai point, seigneur, que je n'aie remis votre lettre.

(Il sort.)

LE FOU.—Si la cervelle d'un homme était dans ses talons, ne courrait-elle pas risque de gagner des engelures?

LEAR.—Oui, mon enfant.

LE FOU.—Alors tiens-toi en gaieté, je te conseille, car ton esprit n'ira pas en pantoufles.

LEAR.—Ha, ha, ha!

LE FOU.—Tu verras comme ton autre fille se conduira tendrement avec toi, car, bien qu'elle ressemble autant à celle-ci qu'une pomme sauvage à une reinette, cependant je puis dire ce que je puis dire.

LEAR.—Qu'as-tu à dire, mon enfant?

LE FOU.—Il n'y aura pas dans ce cas-ci plus de différence de goût entre elles deux qu'entre une pomme sauvage et une pomme sauvage. Saurais-tu me dire pourquoi on a le nez au milieu du visage?

LEAR.—Non.

LE FOU.—Eh! vraiment, c'est pour qu'il y ait un oeil de chaque côté du nez, afin que ce qu'un homme ne peut pas flairer, il puisse le regarder.

LEAR.—C'est moi qui l'ai mise dans son tort[16].

Note 16: (retour)

I did her wrong. Les commentateurs veulent comprendre ces *mots* dans le sens de *je lui ai fait tort*, et supposent que Lear, en ce moment, songe à Cordélia; mais rien dans le reste de la scène n'annonce que cette idée se présente à son esprit; elle ne se retrouve même pas une seule fois ensuite, jusqu'au moment où il se réunit à Cordélia: en ce moment, tout occupé de ce qui lui arrive personnellement, il est plus naturel que Lear s'accuse du tort qu'il a eu de tout donner à Gonerille, que de celui d'avoir tout retiré à Cordélia: cette pensée est même en rapport avec ce qu'il vient de lui dire, et si les paroles du fou ne servent pas à diriger les pensées de Lear, du moins peut-on supposer que, dans l'intention du poëte, elles sont quelquefois destinées à les expliquer. Les sentiments et les projets qu'il va exprimer ensuite ne sont qu'une continuation naturelle de cette marche de ses idées; le souvenir de Cordélia n'en serait qu'une interruption, et l'esprit de Lear n'a pas encore donné et ne donnera encore de quelque temps aucun indice du désordre que commencerait à annoncer une pareille incohérence. L'explication donnée par les commentateurs n'aurait qu'une présomption en sa faveur: Shakspeare aurait-il voulu, par ce mot jeté en passant, préparer les remords de Lear quand il retrouvera Cordélia? Le reste de la scène ne rend pas la chose probable. Nous croyons donc donner à ces mots: *I did her wrong*, un nouveau sens: *c'est mot qui l'ai mise dans son tort.*

LE FOU.—Peux-tu me dire comment une huître fait son écaille?

LEAR.—Non.

LE FOU.—Ni moi non plus, mais je te dirai pourquoi un limaçon a une maison.

LEAR.—Pourquoi, mon enfant?

LE FOU.—Eh bien! c'est pour y mettre sa tête, et non pas pour l'abandonner à ses filles et laisser ses cornes sans abri.

LEAR.—J'oublierai ma bonté naturelle.—Un si bon père!—Mes chevaux sont-ils prêts?

LE FOU.—Tes ânes se sont mis après.—La raison qui fait que les sept étoiles ne sont pas plus de sept est une bien bonne raison!

LEAR.—Parce qu'elles ne sont pas huit?

LE FOU.—Précisément. Tu serais un très-bon fou.

LEAR.—Le reprendre de force[17]!—Monstrueuse ingratitude!

Note 17: (retour)

To take it again perforce! Johnson pense que Lear s'occupe ici du projet de reprendre ce qu'il a donné; les autres commentateurs appliquent ces paroles aux cinquante chevaliers supprimés par Gonerille; mais il me paraît clair que cela se rapporte à la menace qu'elle lui a faite *de prendre d'autorité ce qu'elle demande par prières.*

LE FOU.—Si tu étais mon fou, noncle, je t'aurais fait battre pour être devenu vieux avant le temps.

LEAR.—Comment cela?

LE FOU.—Tu n'aurais pas dû être vieux avant d'être sage.

LEAR.—Oh! que je ne devienne pas fou! que je ne sois pas fou! Ciel miséricordieux, conserve-moi de la modération. Je ne voudrais pas devenir fou. (*Entre un gentilhomme.*)—Eh bien! mes chevaux sont-ils prêts?

LE GENTILHOMME.—Tout prêts, mon seigneur.

LEAR.—Viens, mon enfant[18].

Note 18: (retour)

FOOL. *She that is maid now and laughs at my departure Shall not be a maid long, unless things be cut shorter.*

FIN DU PREMIER ACTE.

ACTE DEUXIÈME

SCÈNE I

Une cour dans le château du duc de Glocester.

Entrent EDMOND ET CURAN, *par différents côtés.*

EDMOND.—Dieu te garde, Curan.

CURAN.—Et vous aussi, monsieur. J'ai vu votre père, et je lui ai annoncé que le duc de Cornouailles et Régane son épouse arriveront ici ce soir.

EDMOND.—Et pourquoi cela?

CURAN.—Vraiment, je n'en sais rien. Vous avez su les nouvelles qui circulent, j'entends celles qu'on dit tout bas, car ce ne sont encore que des propos à l'oreille.

EDMOND.—Non: dites-moi, je vous prie, quelles sont ces nouvelles?

CURAN.—Vous est-il parvenu quelque chose de ces bruits étranges d'une guerre prochaine entre le duc d'Albanie et le duc de Cornouailles?

EDMOND.—Pas un mot.

CURAN.—Vous en entendrez parler avec le temps. Adieu, monsieur.

(Il sort.)

EDMOND.—Le duc ici ce soir!—Très-bien, c'est au mieux, voilà qui entre de toute nécessité dans l'enchaînement de mes projets. Mon père a placé des gardes pour arrêter mon frère.—J'ai à exécuter ici quelque chose d'assez délicat. Célérité, fortune, à l'ouvrage!—Mon frère; un mot, mon frère; descendez, vous dis-je. (*Entre Edgar.*)—Mon père vous fait observer, ô seigneur: fuyez de ce château; on lui a découvert le lieu où vous êtes caché. Dans ce moment vous pouvez profiter de la nuit.—N'avez-vous point parlé contre le duc de Cornouailles? Il arrive dès ce soir, en grande diligence, et Régane avec lui. N'avez-vous rien dit de ses préparatifs contre le duc d'Albanie? Pensez-y bien.

EDGAR.—Pas un mot, j'en suis sûr.

EDMOND.—J'entends venir mon père. Pardonnez; pour mieux dissimuler il faut que je tire l'épée contre vous; tirez, ayez l'air de vous défendre.— Allons, battez-vous bien.—Rendez-vous! venez devant mon père!—Holà!

des lumières ici.—Fuyez, mon frère.—Des torches, des torches! (*Edgar s'enfuit.*)—Bon, adieu.—Un peu de sang tiré donnerait bonne idée de la terrible défense que j'ai faite. (*Il se blesse au bras.*) J'ai vu des ivrognes en faire davantage pour plaisanter.—Mon père! mon père!—Arrête! arrête! Quoi! point de secours!

(Entrent Glocester et des domestiques avec des torches.)

GLOCESTER.—Eh bien! Edmond, où est ce scélérat?

EDMOND.—Il était ici caché dans les ténèbres, son épée bien affilée hors du fourreau, murmurant de méchants charmes, et conjurant la lune de lui être favorable, comme sa divinité.

GLOCESTER.—Mais où est-il?

EDMOND.—Voyez, seigneur, mon sang coule.

GLOCESTER.—Où est ce misérable, Edmond?

EDMOND.—Il s'est enfui de ce côté, voyant qu'il ne pouvait par aucun moyen...

GLOCESTER.—Qu'on le poursuive. Holà! courez après lui. (*Sort un domestique.*)—Qu'il ne pouvait... quoi?

EDMOND.—Me persuader d'assassiner Votre Seigneurie, mais que je lui parlais des dieux vengeurs qui dirigent tous leurs foudres contre les parricides; que je lui disais de combien de nœuds puissants et redoublés les enfants sont liés envers leur père; en un mot, seigneur, voyant avec quelle aversion je combattais ses projets dénaturés, dans un féroce transport il m'a attaqué avec l'épée qu'il tenait à la main, et, avant que j'eusse eu le temps de me mettre en garde, il m'a percé le bras. Mais lorsqu'il m'a vu reprendre mes esprits, et qu'encouragé par la justice de ma cause j'avançais sur lui, peut-être aussi effrayé par le bruit que j'ai fait, il a pris tout soudainement la fuite.

GLOCESTER.—Qu'il fuie tant qu'il voudra, il ne pourra dans ce pays se dérober à la poursuite; et une fois pris, ce sera vite fait. Le noble duc mon maître, mon digne chef et patron, vient ici ce soir: sous son autorité je ferai publier que celui qui pourra découvrir ce lâche assassin et l'amener à la potence peut compter sur ma reconnaissance; et pour celui qui le cachera, la mort.

EDMOND.—Lorsque j'ai cherché à le dissuader de son dessein, le trouvant résolu à l'exécuter, je l'ai menacé, avec des malédictions, de tout découvrir. Il m'a répondu: «Toi, un bâtard, qui n'as rien au monde, penses-tu, si je voulais te démentir, qu'aucune opinion qu'on eût pu se former de ta probité, de ta vertu, de ton mérite, pût suffire pour donner confiance en tes paroles? Eh! non, ce que je voudrais nier (et je nierais ceci, dusses-tu me montrer précisément tel que je suis) tournerait à mon gré contre toi; j'imputerais tout à tes suggestions, à tes complots, à tes damnables artifices: il faudrait que tu parvinsses à rendre les gens imbéciles, pour les empêcher de penser que les avantages que tu dois tirer de ma mort ont été un aiguillon actif et puissant pour t'engager à la chercher.»

GLOCESTER.—Scélérat endurci et consommé! Désavouerait-il son écriture?—Je ne l'ai jamais engendré.—Écoutez, voici la trompette du duc: j'ignore pourquoi il vient.—Je vais faire fermer tous les ports.—Le scélérat n'échappera pas: il faut bien que le duc m'accorde cette grâce.—D'ailleurs je vais envoyer son signalement au loin et au près, afin que dans tout le royaume on puisse le reconnaître.—Et toi, mon loyal et véritable fils, je vais m'occuper de te rendre apte à posséder mes biens.

(Entrent Cornouailles, Régane, suite.)

CORNOUAILLES.—Eh bien! mon noble ami, depuis un instant seulement que je suis arrivé ici, j'ai appris d'étranges nouvelles.

RÉGANE.—Si elles sont vraies, de toutes les vengeances qui peuvent atteindre le coupable, il n'en est point qui égale son crime. Mais comment vous trouvez-vous, seigneur?

GLOCESTER.—Oh! madame, mon vieux coeur est brisé, il est brisé!

RÉGANE.—Quoi! le filleul de mon père attenter à vos jours! celui que mon père a nommé! votre Edgar!

GLOCESTER.—Oh! madame, madame, ma honte voudrait le cacher.

RÉGANE.—Ne vivait-il pas en compagnie de ces libertins de chevaliers qui composent la suite de mon père?

GLOCESTER.—Je n'en sais rien, madame. C'est trop mal, trop mal, trop mauvais!

EDMOND.—Oui, madame, il était avec eux.

RÉGANE.—Je ne m'étonne plus de ses méchantes inclinations. C'est eux qui l'auront engagé à se défaire de ce vieillard, pour avoir à dépenser et à dissiper ses revenus. Ce soir j'ai été bien instruite sur leur compte par ma soeur, et j'ai pris mes mesures. S'ils viennent pour séjourner dans ma maison, ils ne m'y trouveront point.

CORNOUAILLES.—Ni moi non plus, Régane, je t'assure. Edmond, j'apprends que vous avez rempli envers votre père le rôle d'un fils.

EDMOND.—C'était mon devoir, seigneur.

GLOCESTER.—Il a mis au jour les projets de ce misérable; il a même reçu la blessure que vous voyez, en cherchant à se saisir de lui.

CORNOUAILLES.—Le poursuit-on?

GLOCESTER.—Oui, mon bon seigneur.

CORNOUAILLES.—S'il est arrêté, il n'y a plus à craindre aucun mal de sa part. Faites-en ce que vous voudrez, et employez-y mon autorité comme il vous plaira.—Quant à vous, Edmond, qui venez de faire éclater si hautement votre vertu et votre obéissance, vous serez à nous. Nous avons grand besoin de caractères sur qui l'on puisse reposer une entière confiance; et d'abord nous nous emparons de vous.

EDMOND.—Je vous servirai fidèlement, seigneur, quoi qu'il arrive[19].

Note 19: (retour)

However else.

GLOCESTER.—Je remercie pour lui Votre Grâce.

CORNOUAILLES.—Vous ne savez pas pourquoi nous sommes venus vous voir?

RÉGANE.—A cette heure extraordinaire, cherchant notre chemin sous l'oeil ténébreux de la nuit?—Noble Glocester, ce sont des affaires de quelque importance, et sur lesquelles nous pouvons avoir besoin de vous consulter. Notre père nous a écrit, et notre soeur aussi, sur quelques différends, et j'ai pensé qu'il valait mieux répondre de tout autre lieu que de notre maison. Leurs divers messagers attendent ailleurs nos dépêches. Mon bon vieux ami, reprenez courage, et donnez-nous vos utiles conseils dans l'affaire qui nous occupe et qui demande d'être promptement décidée.

GLOCESTER.—Madame, disposez de moi: Vos Seigneuries sont les très-bienvenues.

(Ils sortent.)

SCÈNE II

Devant le château de Glocester.

Entrent KENT ET OSWALD, *de différents côtés.*

OSWALD.—Je te souhaite le bonjour[20], l'ami. Es-tu de la maison?

Note 20: (retour)

Good dawning. (bon point du jour.) Il y a en anglais des souhaits pour toutes les heures du jour.

KENT.—Oui.

OSWALD.—Où pourrons-nous mettre nos chevaux?

KENT.—Dans le bourbier.

OSWALD.—Je t'en prie, si tu m'aimes, dis-le-moi.

KENT.—Je ne t'aime pas.

OSWALD.—A la bonne heure, je ne m'en soucie guère.

KENT.—Si je te tenais dans le parc de Lipsbury[21], je t'obligerais bien à t'en soucier.

Note 21: (retour)

Les commentateurs ignorent ce qu'était ce parc de Lipsbury.

OSWALD.—Et pourquoi me traites-tu ainsi? Je ne te connais pas.

KENT.—Et moi, compagnon, je te connais.

OSWALD.—Et pour qui me connais-tu?

KENT.—Pour un fripon, un bélître, un mangeur de restes, un vil et orgueilleux faquin, un mendiant, habillé gratis[22], à cent livres de gages; un drôle aux sales chausses de laine, un poltron, une espèce qui porte ses querelles devant le juge; un délié fripon de bâtard[23], officieux, soigneux; un coquin qui hérite d'un coffre, un gredin qui serait entremetteur par manière de bon service, qui n'a en lui que de quoi faire un maraud, un pleutre, un lâche, un pendard[24]; le fils et héritier d'une chienne dégénérée, et que je ferai geindre à coups de fouet si tu t'avises de nier la moindre syllabe de ce que j'ajoute à ton nom.

Note 22: (retour)

Three suited (qui a trois habits complets). Tout porte à croire que cette expression, presque toujours injurieuse, s'applique aux gens de livrée, à qui l'usage, dans les grandes maisons, pouvait être de donner trois habillements complets par an. Edgar, dans sa feinte folie, se vante d'avoir été un homme de service, *serving man*, et d'avoir possédé *three suits*.

Note 23: (retour)

Whoreson.

Note 24: (retour)

A pandar, un entremetteur.

OSWALD.—Quelle étrange espèce d'homme es-tu donc, de venir accabler d'injures quelqu'un qui ne te connaît pas et que tu ne connais pas?

KENT.—Et toi, quel effronté valet es-tu donc, de dire que tu ne me connais pas? Est-ce qu'il s'est passé deux jours depuis que je t'ai pris aux jambes et que je t'ai battu en présence du roi?—L'épée à la main, fripon. Il est nuit, mais la lune brille: je vais te tailler en soupe au clair de la lune. L'épée à la main, indigne canaille de bâtard[25]; l'épée à la main. (Il tire son épée.)

Note 25: (retour)

Whoreson commonly barbermonger.

OSWALD.—Laisse-moi, je n'ai rien à démêler avec toi.

KENT.—Tirez donc, gredin. Vous venez apporter des lettres contre le roi, et prenez le parti de mademoiselle *Vanité*[26] contre son royal père. L'épée à la main, drôle, ou je vais taillader vos mollets de telle façon... L'épée à la main, gredin; à la besogne.

Note 26: (retour)

Allusion à certains personnages des *moralités* où les vices et les vertus étaient personnifiées.

OSWALD.—Au secours! au meurtre! au secours!

KENT, *en le frappant.*—Pousse donc, lâche; tiens ferme, gredin, tiens ferme, franc misérable; frappe donc.

OSWALD.—Au secours! au meurtre! à l'assassin!

(Entrent Edmond, Cornouailles, Régane, Glocester et des domestiques.)

EDMOND.—Eh bien! qu'est-ce? Séparez-vous!

KENT.—Avec vous, mon petit bonhomme, si cela vous convient; je vous en montrerai. Avancez, mon jeune maître.

GLOCESTER.—Des épées, des armes? De quoi s'agit-il?

CORNOUAILLES.—Arrêtez, sur votre vie.—Si quelqu'un frappe un coup de plus, il est mort.—De quoi s'agit-il?

RÉGANE.—C'est le messager de notre soeur et celui du roi.

CORNOUAILLES.—Quelle est la cause de votre querelle? Parlez.

OSWALD.—Je puis à peine respirer, seigneur.

KENT.—Cela n'a rien d'étonnant; votre valeur a tellement fait rage! Lâche coquin, la nature te renie, c'est un tailleur qui t'a fait!

CORNOUAILLES.—Tu es un singulier corps. Un tailleur faire un homme!

KENT.—Oui, seigneur, un tailleur: un tailleur de pierres ou un peintre ne l'aurait pas si mal fait, n'eût-il mis que deux heures à l'ouvrage.

CORNOUAILLES.—Mais répondez donc: comment s'est élevée cette querelle?

OSWALD.—Seigneur, ce vieux brutal dont j'ai ménagé la vie par considération pour sa barbe grise...

KENT.—Toi, bâtard! Z dans l'alphabet[27]! zéro en chiffre!—Monseigneur, laissez-moi faire; je vais piler en mortier ce sale vilain, et j'en replâtrerai les murs d'un cabinet.—*Épargner ma barbe grise!* toi, espèce de pierrot?

Note 27: (retour)

Thou whoreson zed! Thou unnecessary letter! Le *z*, qu'en anglais on avait supprimé en beaucoup d'endroits, était devenu un symbole d'inutilité.

CORNOUAILLES.—Paix, insolent. Brutal coquin, ne savez-vous pas le respect...

KENT.—Si fait, seigneur; mais la colère a ses priviléges.

CORNOUAILLES.—Et pourquoi es-tu en colère?

KENT.—De ce qu'un misérable comme celui-là a une épée quand il n'a pas d'honneur. Ces drôles à la face riante, semblables aux rats, rongent les saints noeuds qui sont serrés pour les pouvoir délier; ils caressent toutes les passions révoltées dans le coeur de leurs maîtres; ils apportent au feu de l'huile, de la neige aux froideurs glacées; ils renient, affirment, et tournent leur bec d'alcyon à tous les vents et à toutes les variations de l'humeur de leurs maîtres, n'ayant, comme le chien, d'autre instinct que de suivre.—La peste sur ton visage d'épileptique! Penses-tu rire de mes discours comme de ceux d'un fou? Oison que tu es, si je te tenais dans la plaine de Sarum, je te ramènerais devant moi en criant jusqu'aux marais de Camelot.

CORNOUAILLES.—Eh quoi! es-tu fou, vieux bonhomme?

GLOCESTER.—Comment s'est élevée cette querelle? Explique-toi?

KENT.—Il n'y a pas plus d'antipathie entre les contraires qu'entre moi et ce coquin.

CORNOUAILLES.—Pourquoi l'appelles-tu coquin? quel est son crime?

KENT.—Sa figure ne me plaît pas.

CORNOUAILLES.—Ni la mienne peut-être, ni celle de Glocester et de Régane?

KENT.—Seigneur, je fais profession d'être un homme tout uni: j'ai vu dans mon temps de meilleures figures que je n'en vois sur les épaules actuellement devant mes yeux.

CORNOUAILLES.—Ce sera quelque gaillard qui, loué une fois pour la rondeur de ses manières, a depuis affecté une insolente rudesse, et qui se force à un personnage tout à fait différent de ses façons naturelles.— «Il ne sait pas flatter, lui; c'est un honnête homme, tout franc; il faut qu'il dise la vérité: si elle est bien reçue, tant mieux; si elle déplaît, c'est un homme tout uni...»—Oh! je connais ces drôles-là: sous leur rondeur ils cachent plus de ruses et des desseins plus pervers que vingt sots faiseurs de révérences attentifs à déployer l'exactitude de leur civilité.

KENT.—Seigneur, en bonne foi, dans la pure vérité, avec la permission de votre présence auguste, dont l'influence, comme les feux rayonnants dont se couvre le front flamboyant de Phébus...

CORNOUAILLES.—Que veux-tu dire par là?

KENT.—C'est pour changer de style, puisque le mien vous déplaît si fort.— Je sais, seigneur, que je ne suis pas un flatteur; celui qui vous a trompé avec l'accent de la franchise était un franc fripon, et c'est pour ma part ce que je ne ferai point, dussé-je y être convié par la crainte d'encourir votre ressentiment.

CORNOUAILLES.—En quoi l'avez-vous offensé?

OSWALD.—Jamais en rien. Dernièrement il plut au roi son maître de me frapper sur un malentendu: alors celui-ci se mit de la partie, et, flattant sa colère, me prit aux jambes par derrière, et lorsque je fus à terre, m'insulta, m'injuria, et se donna tellement les airs d'un homme de courage, qu'il se fit honneur et s'attira les éloges du roi, pour s'être attaqué à un homme qui cédait lui-même; et, tout fier de ce redoutable exploit, il est venu tirer l'épée contre moi!

KENT.—Il n'y a pas un seul de ces fripons, de ces poltrons-là, près de qui Ajax ne soit un imbécile.

CORNOUAILLES.—Qu'on apporte les ceps. Vieux coquin d'entêté, vénérable vantard, nous vous apprendrons...

KENT.—Seigneur, je suis trop vieux pour apprendre. Ne faites pas apporter des ceps pour moi; je sers le roi; c'est lui qui m'a envoyé vers vous; et c'est rendre peu de respect et montrer une trop audacieuse malveillance à la personne auguste de mon maître, que de mettre son envoyé dans les ceps.

CORNOUAILLES.—Qu'on apporte les ceps.—Comme j'ai vie et honneur, il y restera jusqu'à midi.

RÉGANE.—Jusqu'à midi? Jusqu'à la nuit, seigneur, et toute la nuit aussi.

KENT.—Eh quoi! madame, si j'étais le chien de votre père, vous ne me traiteriez pas ainsi.

RÉGANE.—Mais pour son coquin, mon cher, je n'y manquerai pas.

CORNOUAILLES.—C'est tout à fait un drôle de l'espèce de ceux dont nous parle notre soeur.—Allons, qu'on apporte les ceps.

(On apporte des ceps.)

GLOCESTER.—Permettez-moi de prier Votre Altesse de n'en pas agir ainsi. Sa faute est grande, et le bon roi son maître saura l'en punir; mais la peine que vous voulez lui faire subir ne s'applique qu'aux petits larcins et aux délits vulgaires des misérables les plus vils et les plus méprisés. Le roi prendrait sûrement en mauvaise part que vous l'eussiez assez peu considéré dans la personne de son messager pour mettre celui-ci dans les ceps.

CORNOUAILLES.—Je le prends sur moi.

RÉGANE.—Et ma soeur pourrait trouver bien plus mauvais qu'un de ses gentilhommes eût été insulté, attaqué, parce qu'il exécutait les ordres dont elle l'a chargé.—Allons, entravez-lui les jambes. (*Au duc.*)—Venez, mon bon seigneur, allons.

(On met Kent dans les ceps.—Régane et Cornouailles sortent.)

GLOCESTER.—J'en suis bien fâché pour toi, mon ami: c'est la volonté du duc, et tout le monde sait qu'il ne faut pas chercher à l'adoucir ni à le retenir. Mais j'intercéderai pour toi.

KENT.—N'en faites rien, seigneur, je vous prie. J'ai veillé, j'ai beaucoup marché; je vais dormir quelque temps, et puis je sifflerai: la fortune d'un honnête homme peut sortir de ses talons. Je vous souhaite le bonjour.

GLOCESTER.—Le duc est à blâmer en ceci: on prendra mal la chose.

(Il sort.)

KENT.—Bon roi, tu vas, suivant le proverbe populaire, quitter la bénédiction du ciel pour la chaleur du soleil[28].—Approche-toi, flambeau de ce globe inférieur, afin qu'à tes rayons vivifiants je puisse lire cette lettre.—Les miracles n'apparaissent presque jamais qu'aux malheureux. Je le vois, c'est de Cordélia: elle a été fort heureusement instruite de ma marche mystérieuse.—Elle trouvera moyen d'intervenir dans ces monstrueux désordres, et s'occupe à remédier aux pertes qui ont été faites.—Je me sens excédé de fatigues et de veilles: profitez-en, mes yeux appesantis, pour ne pas voir cette honteuse demeure.—Fortune, bonsoir; souris encore une fois, et fais tourner ta roue. (Il s'endort.)

Note 28: (retour)

Thou out of heaven's benediction comest To the warm sun. Vieux dicton qui répond à celui-ci: «Tomber de Charybde en Scylla.

SCÈNE III

Une partie de la bruyère.

Entre EDGAR.

EDGAR.—J'ai entendu qu'on proclamait mon nom, et bien heureusement le creux d'un arbre m'a dérobé à leur poursuite. Il n'y a plus un port libre, pas un lieu où l'on n'ait placé des soldats, et où la plus extraordinaire vigilance n'épie l'occasion de me saisir. Tandis que je puis encore m'échapper, je veillerai à ma conservation.—Il me vient dans l'idée de me déguiser sous la forme la plus abjecte et la plus pauvre par où la misère, au mépris de l'homme, l'ait jamais rapproché de la brute. Je souillerai mon visage de fange, je m'envelopperai les reins d'une couverture, je nouerai mes cheveux en tampons[29], et ma nudité exposée aux regards affrontera les vents et la rage des cieux. J'ai pour exemple à me donner crédit dans la campagne ces mendiants de Bedlam[30] qui, avec des hurlements, enfoncent dans les ulcères de leurs bras nus engourdis et morts des épingles, des morceaux de bois pointus, des clous et des brins de romarin, et par ce hideux spectacle soutenu quelquefois par des blasphèmes forcenés, quelquefois par des prières, extorquent les aumônes des petites fermes, des pauvres misérables villages, des bergeries, des moulins: «de pauvre Turlupin[31], le pauvre Tom!» Encore est-ce quelque chose: en restant Edgar, je ne suis plus rien. (Il sort.)

Note 29: (retour)

«*Elf all my hairs in knot,*» proprement j'*ensorcellerai* mes cheveux comme les fées ensorcellent les crins des chevaux.

Note 30: (retour)

Ces sortes de mendiants, qui se disaient échappés de Bedlam, étaient connus en Angleterre sous le nom d'*Abraham men.*

Note 31: (retour)

Poor Turly good. Warburton regarde ce mot comme une corruption de *Turlupin.* Les Turlupins étaient une confrérie de mendiants qui se répandirent en Europe au XIVe siècle, et que l'on a considéré tantôt comme des sectaires, tantôt comme des vagabonds.

SCÈNE IV

Devant le château de Glocester.

KENT *dans les ceps. Entrent* LEAR, LE FOU, UN GENTILHOMME.

LEAR.—Il est bien étrange qu'ils soient partis de chez eux sans me renvoyer mon messager.

LE GENTILHOMME.—D'après ce que j'ai appris, la veille au soir, ils n'avaient aucun projet de s'éloigner.

KENT.—Salut à mon noble maître.

LEAR.—Comment! te fais-tu un divertissement de la honte où je te vois?

KENT.—Non, mon seigneur.

LE FOU.—Ah! ah! vois donc: il a là de vilaines jarretières[32]! On attache les chevaux par la tête, les chiens et les ours par le cou, les singes par les reins, et les hommes par les jambes: quand un homme a de trop bonnes jambes, on lui met des chausses de bois.

Note 32: (retour)

Cruel garters, jeu de mots entre *cruel garters* (cruelles jarretières) et *crewel garters* (jarretières de laine).

LEAR.—Quel est celui qui s'est assez mépris sur la place qui te convient pour te mettre ici?

KENT.—C'est lui et elle, votre fils et votre fille.

LEAR.—Non!

KENT.—Ce sont eux.

LEAR.—Non, te dis-je!

KENT.—Je vous dis que oui.

LEAR.—Non, non, ils n'en auraient pas été capables!

KENT.—Si vraiment, ils l'ont été.

LEAR.—Par Jupiter, je jure que non!

KENT.—Par Junon, je jure que oui!

LEAR.—Ils ne l'ont pas osé, ils ne l'ont pas pu, ils n'ont pas voulu le faire.—C'est plus qu'un assassinat que de faire au respect un si violent outrage.—Explique-moi promptement, mais avec modération, comment, venant de notre part, tu as pu mériter, ou comment ils ont pu t'infliger ce traitement.

KENT.—Seigneur, lorsqu'arrivé chez eux je leur eus remis les lettres de Votre Majesté, je ne m'étais pas encore relevé du lieu où mes genoux fléchis leur avaient témoigné mon respect, lorsqu'est arrivé en toute hâte un courrier suant, fumant, presque hors d'haleine, et qui leur a haleté les salutations de sa maîtresse Gonerille: sans s'embarrasser d'interrompre mon message, il leur a remis des lettres qu'ils ont lues sur-le-champ; et, sur leur contenu, ils ont appelé leurs gens, sont promptement montés à cheval, m'ont commandé de les suivre et d'attendre qu'ils eussent loisir de me répondre: je n'ai obtenu d'eux que de froids regards. Ici j'ai rencontré l'autre envoyé dont l'arrivée plus agréable avait, je le voyais bien, empoisonné mon message: c'est ce même coquin qui dernièrement s'est montré si insolent envers Votre Altesse. Plus pourvu de courage que de raison, j'ai mis l'épée à la main. Il a alarmé toute la maison par ses lâches et bruyantes clameurs. Votre fils et votre fille ont jugé qu'une telle faute méritait la honte que vous me voyez subir.

LE FOU.—L'hiver n'est pas encore passé, si les oies sauvages volent de ce côté.

Le père qui porte des haillons

Rend ses enfants aveugles;

Mais le père qui porte la bourse

Verra ses enfants affectionnés.

La Fortune, cette insigne prostituée,

Ne tourne jamais sa clef pour le pauvre.

De tout cela tu recevras de tes filles autant de douleurs[33] que tu pourrais en compter pendant une année.

Note 33: (retour)

Le même jeu de mot que dans la Tempête entre *dolours* et *dollars*.

LEAR.—Oh! comme la bile se gonfle et monte vers mon coeur! *Hysterica passio*[34]! amertume que je sens s'élever, redescends; tes éléments sont plus bas.—Où est cette fille?

Note 34: (retour)

Lear se sert ici des mots *mother, hysterica passio*. La première de ces deux expressions était le nom populaire, la seconde, le nom savant de la maladie hystérique, qu'on regardait dans les deux sexes comme la source de toutes les maladies hystériques, *hysterics*, en anglais, veut encore dire *maux de nerfs*.

KENT.—Là-dedans, seigneur, avec le comte.

LEAR.—Ne me suivez pas, restez ici.

(Il sort.)

LE GENTILHOMME.—N'avez-vous point commis d'autre faute que celle dont vous venez de parler?

KENT.—Aucune. Mais pourquoi le roi vient-il avec une suite si peu nombreuse?

LE FOU.—Si l'on t'avait mis dans les ceps pour cette question, tu l'aurais bien mérité.

KENT.—Pourquoi, fou?

LE FOU.—Nous t'enverrons à l'école chez la fourmi, pour t'apprendre qu'on ne travaille pas l'hiver.—Tous ceux qui suivent la direction de leur nez sont conduits par leurs yeux, excepté les aveugles; et il n'y a pas un nez sur vingt qui ne puisse sentir ce qui pue.—Quand une grande roue descend en roulant le long de la montagne, lâche prise, de peur, en la suivant, de te rompre le cou: mais quand la grande roue remonte la montagne, laisse-toi tirer après elle. Quand un sage te donnera un meilleur conseil, rends-moi le mien: je voudrais que ce conseil ne fut suivi que des gredins, puisque c'est un fou qui le donne.

Celui, monsieur, qui sert et cherche son intérêt

Et ne suit que pour la forme,

Pliera bagage dès qu'il commencera à pleuvoir;

Et te laissera exposé à l'orage;

Mais je demeurerai: le fou restera

Et laissera le sage s'enfuir,

Gredin devient le fou qui s'enfuit;

Mais ce n'est pas un fou que le gredin, pardieu[35].

Note 35: (retour)

The knave turns fool; that runs away The fool no knave, perdy.

Le sens naturel de ces deux vers paraît contraire à celui qu'on lui a donné dans la traduction; mais ce dernier sens a paru de beaucoup, et avec raison, le plus vraisemblable aux commentateurs; en sorte qu'ils ont été tous d'avis qu'il devait y avoir altération du texte, et qu'il fallait au moins changer ainsi le premier vers:

The fool turns knave, that runs away.

Mais peut-être l'irrégularité de langage qui se fait remarquer dans *le Roi Lear* dispense-t-elle de recourir à une altération du texte; du moins est-il certain que c'est en conservant la construction des deux vers anglais qu'on a pu leur donner un sens contraire à celui qu'ils paraissent d'abord présenter.

KENT.—Où as-tu appris tout cela, fou?

LE FOU.—Ce n'est pas dans les ceps, fou.

(Rentre Lear avec Glocester.)

LEAR.—Refuser de me parler! Ils sont malades, ils sont fatigués, ils ont voyagé rapidement toute la nuit...—Purs prétextes où je vois la révolte et l'abandon.—Rapportez-moi une meilleure réponse.

GLOCESTER.—Mon cher maître, vous connaissez le caractère violent du duc, combien il est inébranlable et obstiné dans ses propres idées.

LEAR.—Vengeance, peste, mort, confusion!—Violent? Qu'est-ce que c'est que cela?—Allons?—Glocester, Glocester, je voudrais parler au duc de Cornouailles et à sa femme.

GLOCESTER.—Eh! mon bon seigneur, je viens de les en informer.

LEAR.—Les en informer? Me comprends-tu, homme?

GLOCESTER.—Oui, mon bon seigneur.

LEAR.—Le roi voudrait parler à Cornouailles. Le père chéri voudrait parler à sa fille; il exige d'elle son obéissance. Sont-ils informés de cela?—Par mon sang et ma vie! violent? le duc violent? dites à ce duc si colère...—Mais non, pas encore; il se pourrait qu'il fût indisposé. La maladie a toujours négligé tous les devoirs auxquels est soumise la santé: nous ne sommes plus nous-mêmes quand la nature accablée commande à l'âme de souffrir avec le corps. Je veux me calmer, et j'ai à me reprocher, dans l'impétuosité de ma volonté, d'avoir pris un état d'indisposition et de maladie pour l'homme en santé, pour une complète santé. Malédiction sur mon état!—Mais pourquoi est-il là? (*Montrant Kent.*)—Une telle action me donne lieu de penser que ce départ du duc et d'elle est un subterfuge.—Rendez-moi mon serviteur.—Va, dis au duc et à sa femme que je veux leur parler à présent, à l'heure même.—Ordonne-leur de sortir et de venir m'entendre; ou bien je vais battre la caisse à la porte de leur chambre, jusqu'à ce qu'elle réponde: Endormis dans la mort.

GLOCESTER.—Je voudrais voir la bonne intelligence entre vous.

(Il sort.)

LEAR.—Oh!... las! ô mon coeur! comme mon coeur se soulève!... mais à bas!

LE FOU.—Il faut lui dire, noncle, comme la cuisinière[36] aux anguilles qu'elle mettait vivantes dans la pâte; elle les frappait d'un bâton sur la tête, en criant: *A bas, polissonnes! à bas!* C'était le frère de celle-là qui, par grand amour pour son cheval, lui mettait du beurre dans son foin.

Note 36: (retour)

The cockney. Les commentateurs, on ne sait pourquoi, ont paru très-embarrassés du sens de ce mot *cockney*, auquel on donne en général la signification du mot *badaud*; autrefois il paraît s'être pris dans le sens de *cuisinier, marmiton.*

(Entrent Cornouailles, Régane, Glocester, des domestiques.

LEAR.—Bonjour à tous deux.

CORNOUAILLES.—Salut à Votre Seigneurie.

RÉGANE.—Je suis joyeuse de voir Votre Altesse.

(On met Kent en liberté.)

LEAR.—Régane, je crois que vous l'êtes, et je sais la raison que j'ai de le croire. Si tu n'étais pas joyeuse de me voir, je ferais divorce avec le tombeau de ta mère, où ne reposerait plus qu'une adultère.—(*A Kent.*) Ah! vous voilà libre? Nous parlerons de cela dans quelque autre moment.—Ma bien-aimée Régane, ta soeur est une indigne: ô Régane, elle a attaché la dureté aux dents aiguës ici, comme un vautour (*montrant son coeur*); à peine puis-je te parler... Non, tu ne pourras pas le croire, de quel caractère dépravé.... Ô Régane!

RÉGANE.—Je vous en prie, seigneur, modérez-vous. J'espère que vous ne savez pas apprécier ce qu'elle vaut plutôt que de la croire capable de manquer à ses devoirs.

LEAR.—Comment cela?

RÉGANE.—Je ne puis penser que ma soeur eût voulu manquer le moins du monde à ce qu'elle vous doit: s'il est arrivé, seigneur, qu'elle ait mis un frein à la licence de vos chevaliers, c'est par de telles raisons et dans des vues si louables qu'elle ne mérite pour cela aucun reproche.

LEAR.—Ma malédiction sur elle!

RÉGANE.—Ah! seigneur, vous êtes vieux; la nature, en vous, touche au dernier terme de sa carrière; vous devriez vous laisser conduire et gouverner par quelque personne prudente, qui comprît votre situation mieux que vous-même. Ainsi donc, je vous prie de retourner vers ma soeur, et de lui dire que vous avez eu tort envers elle.

LEAR.—Moi, lui demander son pardon! voyez donc comme cela conviendrait à la famille! (*Il se met à genoux.*) «Ma chère fille, j'avoue que je suis vieux; la vieillesse est inutile; je vous demande à genoux de vouloir bien m'accorder des vêtements, un lit et ma nourriture.»

RÉGANE.—Cessez, mon bon seigneur; c'est là un badinage peu convenable. Retournez chez ma soeur.

LEAR *se levant*.—Jamais, Régane. Elle m'a privé de la moitié de ma suite; elle m'a regardé d'un air sombre, et de sa langue, semblable à celle du serpent, m'a blessé jusqu'au fond du coeur. Que tous les trésors de la vengeance du ciel tombent sur sa tête ingrate! Vents qui saisissez les sens, frappez de paralysie ses jeunes os.

CORNOUAILLES.—Fi! seigneur! fi!

LEAR.—Éclairs agiles, lancez pour les aveugler vos flammes dans ses yeux dédaigneux; empoisonnez sa beauté, vapeurs que du fond des marais aspire le puissant soleil, pour tomber sur elle et flétrir son orgueil!

RÉGANE.—Ô dieux bienheureux! vous m'en souhaiterez autant quand vos accès vous prendront.

LEAR.—Non, Régane, jamais tu n'auras ma malédiction: ton coeur palpitant de tendresse ne t'abandonnera jamais à la dureté; ses yeux sont farouches; mais les tiens consolent et ne brûlent pas. Il n'est pas dans ta nature de me reprocher mes plaisirs, de diminuer ma suite, de contester avec moi d'un ton d'emportement, de réduire ce que tu me dois, et enfin d'opposer des verrous à mon entrée. Tu connais mieux les devoirs de la nature, les obligations des enfants, les règles de la courtoisie, les droits de la reconnaissance: tu n'as pas oublié la moitié de mon royaume que je t'ai donnée.

RÉGANE.—Mon bon seigneur, au fait.

(On entend une trompette derrière le théâtre.)

LEAR.—Qui a mis mon serviteur dans les ceps?

(Entre Oswald.)

CORNOUAILLES.—Quelle est cette trompette?

RÉGANE.—Je la reconnais, c'est celle de ma soeur. Sa lettre m'apprenait en effet qu'elle serait bientôt ici.—Votre maîtresse est-elle arrivée?

LEAR, *regardant l'intendant.*—Voilà un esclave qui se revêt à peu de frais d'un orgueil fondé sur la fragile faveur de sa maîtresse.—Hors d'ici, valet, loin de ma présence.

CORNOUAILLES.—Que veut dire Votre Seigneurie?

LEAR.—Qui a mis mon serviteur dans les ceps? Régane, je me flatte que tu n'en as rien su. *(Entre Gonerille.)*—Qui vient ici?—O cieux, si vous aimez les vieillards, si votre douce autorité recommande l'obéissance, si vous-mêmes vous êtes vieux, faites de ceci votre cause; faites descendre votre puissance sur la terre, et prenez mon parti. *(A Gonerille.)*—Tu n'as pas honte de voir cette barbe?—O Régane! lui prendras-tu la main?

GONERILLE.—Eh! pourquoi ne prendrait-elle pas ma main, seigneur? Quelle offense ai-je commise? N'est pas offense tout ce que l'indiscrétion tourne de cette manière, tout ce que le radotage peut nommer ainsi.

LEAR.—O mes flancs, vous êtes trop solides! Pourquoi ne rompez-vous pas?—Comment se fait-il qu'on ait mis un de mes gens dans les ceps?

CORNOUAILLES.—C'est moi, seigneur, qui l'y ai fait mettre. Ses sottises ne méritaient pas à beaucoup près tant d'honneur.

LEAR.—C'est vous, vous qui l'avez fait?

RÉGANE.—Je vous en prie, mon père, puisque vous êtes faible, prenez-en votre parti.—Si, jusqu'à l'expiration de votre mois, vous voulez retourner chez ma soeur et demeurer avec elle, en congédiant la moitié de vos gens, venez ensuite chez moi: je n'y suis point à présent, et n'ai pas fait les préparatifs nécessaires pour vous recevoir.

LEAR.—Retourner chez elle, et cinquante de mes chevaliers congédiés! Non, j'abjure plutôt les toits, et je préfère m'exposer à la haine des vents; je deviendrai le compagnon du loup et de la chouette!—Poignantes étreintes de la nécessité!—Retourner chez elle! Quoi! on obtiendrait aussi bien de moi de me prosterner devant le trône de ce bouillant roi de France, qui a pris sans dot notre plus jeune fille, et de solliciter comme un écuyer une pension pour soutenir ma pauvre vie! Retourner chez elle! Que ne me persuades-tu plutôt d'être l'esclave, la bête de somme *(montrant Oswald)* de ce valet détesté.

GONERILLE.—A votre choix, seigneur....

LEAR.—Je t'en prie, ma fille, ne me fais pas devenir fou. Je ne veux pas te déranger, mon enfant. Adieu, nous ne nous rencontrerons plus, nous ne nous reverrons plus. Mais cependant tu es ma chair, mon sang, ma fille; ou plutôt tu es une maladie engendrée dans ma chair, et que je suis obligé d'appeler mienne; tu es un abcès, un ulcère douloureux, une tumeur enflammée, produit de mon sang corrompu.—Mais je ne veux pas te faire de reproches: que la honte tombe sur toi quand il lui plaira; je ne l'appelle pas. Je n'invoque pas les coups de Celui qui porte le tonnerre; je ne fais point de rapports contre toi à Jupiter, notre juge suprême. Corrige-toi quand tu le pourras, deviens meilleure à ton loisir; je puis prendre patience: je puis rester chez Régane, moi et mes cent chevaliers.

RÉGANE.—Non, il n'en peut être tout à fait ainsi, seigneur. Je ne vous attendais pas encore, et je n'ai rien préparé pour vous recevoir comme il convient. Prêtez l'oreille aux propositions de ma soeur. Ceux dont la raison est capable de modérer votre passion doivent prendre leur parti de songer que vous êtes vieux, et qu'ainsi... Mais elle sait bien ce qu'elle fait.

LEAR.—Est-ce là bien parler?

RÉGANE.—J'ose le soutenir, seigneur. Quoi! cinquante chevaliers, n'est-ce pas assez? Qu'avez-vous besoin d'un plus grand nombre, ou même d'en avoir autant, s'il est vrai que l'embarras, le danger, tout parle contre une suite si nombreuse? Comment, dans une seule et même maison, tant de personnes soumises à deux maîtres peuvent-elles vivre en bonne intelligence? Cela est bien difficile, cela est impossible.

GONERILLE.—Eh quoi! seigneur, ne pourriez-vous pas être servi par ceux qui portent le titre de ses serviteurs ou par les miens?

RÉGANE.—Eh! pourquoi pas, seigneur? S'il leur arrivait de se relâcher à votre égard, nous saurions y mettre ordre. Si vous voulez venir chez moi, car je commence à entrevoir un danger, je vous prie de n'en amener que vingt-cinq: je n'ai point de place ni d'attention à donner à un plus grand nombre.

LEAR.—Je vous ai tout donné....

RÉGANE.—Et vous l'avez donné à temps.

LEAR.—Je vous ai fait mes gardiennes, mes dépositaires, mais j'ai mis la réserve de me faire suivre par un nombre de chevaliers. Quoi! je n'en pourrais amener chez vous que vingt-cinq? Régane, est-ce vous qui l'avez dit?

RÉGANE.—Et qui le répète, seigneur: pas un de plus chez moi.

LEAR.—Les méchantes créatures se présentent encore à nous sous un aspect favorable, quand il s'en trouve de plus méchantes qu'elles: c'est avoir quelque titre aux éloges que de n'être pas ce qu'il y a de pis. *(A Gonerille.)*—J'irai chez toi. Tes cinquante sont le double de vingt-cinq: tu as le double de sa tendresse.

GONERILLE.—Écoutez-moi, mon seigneur: qu'avez-vous besoin de vingt-cinq personnes, de dix, de cinq, pour vous suivre dans une maison où deux fois autant ont ordre de vous servir?

RÉGANE.—Qu'avez-vous même besoin d'une seule?

LEAR.—Ne calcule pas le besoin: le plus vil mendiant a du superflu dans ses plus misérables jouissances. N'accorder à la nature que ce que la nature demande pour ses besoins, c'est mettre la vie de l'homme à aussi bas prix que celle des bêtes. Tu es une grande dame. Eh quoi! si la magnificence consistait seulement à se tenir chaudement, la nature a-t-elle besoin de ces vêtements magnifiques que tu portes, et qui peuvent à peine te tenir chaud? Mais quant aux vrais besoins.....—Ciel! donne-moi patience; c'est de patience que j'ai besoin. Vous me voyez ici, ô dieux! un pauvre vieillard, aussi comblé de douleurs que d'années, misérable par tous les deux! Si c'est vous qui excitez le coeur de ces filles contre leur père, ne m'abaissez pas au point de le supporter patiemment; animez-moi d'une noble colère. Oh! ne souffrez pas que des pleurs, armes des femmes, souillent mon visage d'homme!—Non, sorcières dénaturées, je tirerai de vous une telle vengeance, que le monde entier saura....—Je ferai de telles choses.... Ce que ce sera, je ne le sais pas encore; mais ce sera l'épouvante de la terre.—Vous croyez que je pleurerai; non, je ne pleurerai pas. J'ai bien amplement de quoi pleurer; mais ce coeur éclatera par cent mille ouvertures avant que je pleure.—O fou, je perdrai la raison!

(Sortent Lear, Glocester, Kent et le fou.)

CORNOUAILLES.—Retirons-nous; il va faire de l'orage.

(On entend dans le lointain le bruit du tonnerre.)

RÉGANE.—Cette maison est petite; le vieillard et sa suite ne peuvent s'y loger commodément.

GONERILLE.—C'est sa propre faute; il a quitté de lui-même le lieu où il pouvait être tranquille: il faut qu'il porte la peine de sa folie.

RÉGANE.—Pour lui personnellement, je le recevrai avec plaisir; mais pas un seul de ses serviteurs.

GONERILLE.—C'est aussi mon intention.—Mais où est lord Glocester?

CORNOUAILLES.—Il a suivi le vieillard.—Mais le voilà qui revient.

(Glocester rentre.)

GLOCESTER.—Le roi est dans une violente fureur.

CORNOUAILLES.—Où va-t-il?

GLOCESTER.—Il ordonne qu'on monte à cheval, mais il veut aller je ne sais où.

CORNOUAILLES.—Le mieux est de lui céder; il se conduira lui-même.

GONERILLE.—Milord, ne le pressez nullement de rester.

GLOCESTER.—Hélas! la nuit approche; un vent glacé agite violemment les airs, à plusieurs milles aux environs à peine se trouve-t-il un buisson.

RÉGANE.—Oh! seigneur! il faut bien que les hommes opiniâtres reçoivent quelques leçons des maux qu'ils se sont attirés à eux-mêmes. Fermez vos portes. Il a avec lui une suite de gens déterminés à tout: facile à tromper comme il l'est, la sagesse nous ordonne de redouter ce qu'ils pourraient obtenir de sa colère.

CORNOUAILLES.—Fermez vos portes, milord.—Il fera mauvais temps cette nuit; ma chère Régane est de bon conseil: mettons-nous à l'abri de l'orage.

(Ils sortent.)

FIN DU SECOND ACTE.

ACTE TROISIÈME

SCÈNE I

Une bruyère.—On entend le bruit d'un orage accompagné de tonnerre et d'éclairs.

KENT ET UN GENTILHOMME se *rencontrant.*

KENT.—Qui est ici malgré le mauvais temps?

LE GENTILHOMME.—Un homme dont l'âme est, comme le temps, pleine d'agitation.

KENT.—Ah! je vous reconnais. Où est le roi?

LE GENTILHOMME.—Luttant contre les éléments irrités, il conjure les vents de précipiter la terre dans les flots, ou de soulever les vagues gonflées au-dessus de leurs rivages, afin que les choses changent ou s'anéantissent. Il arrache ses cheveux blancs que les tourbillons impétueux, dans leur aveugle rage, saisissent et font aussitôt disparaître. De toutes les forces de cet étroit univers renfermé en lui-même, il insulte aux vents et à la pluie qui se combattent dans tous les sens. Dans cette nuit horrible où l'ourse même, épuisée de lait par ses petits, demeure dans sa tanière; où le lion et le loup, au ventre vide, tiennent leur fourrure à sec, il court tête nue, et appelle toutes les chances de la mort.

KENT.—Mais qui est avec lui?

LE GENTILHOMME.—Personne que son fou, qui tâche, par des bouffonneries, de distraire son coeur navré d'injures.

KENT.—Je vous connais, monsieur, et, sur la foi de mon discernement, j'ose vous confier une affaire d'un bien cher intérêt. Il y a de la mésintelligence entre les ducs d'Albanie et de Cornouailles, quoiqu'elle se cache encore sous le voile d'une dissimulation réciproque: ils ont (et qui n'en a pas parmi ceux que la supériorité de leur étoile a placés sur le trône et dans la grandeur?), ils ont des serviteurs non moins dissimulés qui servent à la France d'espions et de miroirs intelligents de notre situation, ce qu'on a vu des aversions ou des manoeuvres secrètes des deux ducs, ou la dureté avec laquelle ils se sont gouvernés à l'égard du bon vieux roi, ou quelque chose de plus profond dont tout ceci n'est que l'apparence extérieure. Ce qu'il y a de certain, c'est qu'une armée envoyée par la France va entrer dans ce royaume divisé. Déjà les ennemis, profitant sagement de notre négligence, se sont assuré un accès secret dans quelques-uns de nos meilleurs ports, et sont sur le point de déployer ouvertement leurs bannières.—Voici maintenant ce que j'ai à vous dire: Si j'ai pu vous inspirer assez de confiance pour vous y rendre promptement; vous trouverez une personne qui recevra avec reconnaissance le récit fidèle des outrages désespérants et dénaturés dont le roi a sujet de se plaindre. Je suis un gentilhomme bien né et bien élevé; et c'est parce que je vous connais et me fie à vous que je vous propose cette mission.

LE GENTILHOMME.—Nous en reparlerons.

KENT.—Non, c'est assez de paroles. Afin de vous prouver que je suis beaucoup plus que je ne parais, ouvrez cette bourse et prenez ce qu'elle contient. Si vous voyez Cordélia, et soyez certain que vous la verrez, montrez-lui cet anneau; vous saurez d'elle quel est celui que vous avez eu pour compagnon, et que vous ne connaissez pas encore.—Infâme tempête! je vais chercher le roi.

LE GENTILHOMME.—Donnez-moi votre main. N'avez-vous plus rien à me dire?

KENT.—Peu de mots, mais au fait plus importants que tout le reste: veuillez bien prendre ce chemin, je vais suivre celui-ci. Le premier de nous deux qui trouvera le roi en avertira l'autre par un cri.

(Ils sortent.)

SCÈNE II

La tempête redouble.

LEAR, LE FOU.

LEAR.—Soufflez, vents, jusqu'à ce que vos joues en crèvent. Ouragans, cataractes, versez vos torrents jusqu'à ce que vous ayez inondé nos clochers, noyé leurs coqs! Feux sulfureux, rapides comme la pensée, bruyants avant-coureurs des coups de foudre qui brisent les chênes, venez roussir mes cheveux blancs. Et toi, tonnerre, qui ébranles tout, aplatis le globe du monde, brise tous les moules de la nature, disperse d'un seul coup tous les germes qui produisent l'homme ingrat!

LE FOU.—O noncle, de l'eau bénite de cour dans une maison bien sèche vaut mieux que cette eau de pluie quand on est dehors. Bon noncle, rentrons et implorons la bonne volonté de tes filles. Voilà une nuit qui n'a pitié ni du fou, ni du sage.

LEAR.—Gronde tant que tes entrailles y pourront suffire. Éclate, feu! jaillis, pluie! la pluie, le vent, le tonnerre, les feux, ne sont point mes filles; éléments, je ne vous accuse point d'ingratitude; je ne vous ai point appelés mes enfants; vous ne me devez point de soumission: laissez donc tomber sur moi votre horrible plaisir: me voici votre esclave, un pauvre et faible vieillard infirme, méprisé. Mais non, je vous traiterai de lâches ministres, vous dont les armées sont venues des hauts lieux de leur naissance s'unir à deux filles détestables, contre une tête aussi vieille et aussi blanche que la mienne.—Oh! oh! cela est odieux!

LE FOU.—Celui qui a une maison pour y mettre sa tête a une tête bien garnie.

Celui qui veut avoir une femme

Avant que sa tête ait une maison,

Perdra et tête et tout:

Ainsi se sont mariés beaucoup de mendiants.

Celui qui fait pour son orteil

Ce qu'il devrait faire pour son coeur,

Criera bientôt misère des cors aux pieds

Et changera son sommeil en veilles.

Car il n'y a jamais eu une belle femme qui n'ait fait la grimace devant la glace.

(Entre Kent.)

LEAR, *au fou.*—Non, je veux être un modèle de toute patience; je ne dirai plus rien.

KENT.—Qui est là?

LE FOU.—Une seigneurie et un malotru, c'est-à-dire, un sage et un fou.

KENT.—Hélas! seigneur, vous voilà donc! Rien de ce qui aime la nuit n'aime de pareilles nuits. Les cieux en colère ont effrayé jusqu'aux hôtes errants des ténèbres, et les forcent à se tenir dans leurs cavernes. Depuis que je suis un homme, je ne me souviens pas d'avoir vu de telles nappes de feu, d'avoir entendu d'aussi effroyables éclats de tonnerre, de telles plaintes, de tels mugissements du vent et de la pluie. La nature de l'homme n'en saurait supporter ni les souffrances ni les terreurs.

LEAR.—Que les dieux puissants, qui font naître au-dessus de nos têtes cet épouvantable tumulte, distinguent en ce moment leurs ennemis! Tremble, toi, misérable qui renfermes dans ton sein des crimes ignorés qui ont échappé à la verge de la justice; cache-toi, main sanglante; et toi, parjure; et toi, hypocrite, qui du masque de la vertu as couvert un inceste. Tremble et meurs de peur, scélérat, qui, en secret et sous d'honorables semblants, as dressé des piéges à la vie de l'homme. Forfaits soigneusement enveloppés, déchirez le voile qui vous cache et demandez grâce à ces voix terribles qui vous appellent.—Moi, je suis un homme à qui l'on a fait plus de mal qu'il n'en a fait.

KENT.—Hélas! tête nue? Mon bon maître, tout près d'ici est une hutte; elle vous prêtera quelque abri contre la tempête. Allez vous y reposer, tandis que moi je vais retourner à cette dure maison, plus dure que la pierre de ses murailles, et qui tout à l'heure, quand je vous ai demandé, m'a refusé l'entrée; et je forcerai la main à son avare hospitalité.

LEAR.—Ma raison commence à revenir.—Viens, mon enfant; comment te trouves-tu, mon enfant? As-tu froid; j'ai froid aussi. Où est cette paille, mon ami? Que la nécessité est étrangement habile à nous rendre précieuses les choses les plus viles!—Montrez-moi votre hutte.—Pauvre fou, pauvre garçon, j'ai encore dans mon coeur une place qui souffre pour toi.

LE FOU.

Celui qui a un petit peu de bon sens

Doit recevoir en chantant le vent et la pluie,

Et se contenter de sa situation,

Car la pluie tombe tous les jours.

LEAR.—Oui, tu as raison, mon bon garçon. Allons, conduisez-nous à cette hutte.

(Lear et Kent sortent.)

LE FOU.—Voilà une honnête nuit pour rafraîchir une courtisane. Il faut qu'avant de m'en aller je fasse une prédiction.

Quand les prêtres auront plus de paroles que de science;

Quand les brasseurs gâteront leur bière avec de l'eau;

Quand les nobles donneront des idées à leurs tailleurs;

Quand les hérétiques ne seront plus brûlés, mais bien ceux

qui suivent les filles;

Quand tous les procès seront bien jugés;

Qu'il n'y aura pas d'écuyers endettés,

Ni de chevaliers pauvres;

Quand les langues ne répandront plus la médisance;

Que les coupeurs de bourses ne chercheront plus la foule;

Que les usuriers compteront leur or en plein champ;

Que les entremetteurs et les prostituées bâtiront des églises;

Alors le royaume d'Albion

Tombera en grande confusion,

Alors viendra le temps, qui vivra verra,

Où l'usage sera de marcher sur ses pieds.

Merlin fera un jour cette prédiction, car je vis avant lui.

(Il sort.)

SCÈNE III

Une salle du château de Glocester.

Entrent GLOCESTER, EDMOND.

GLOCESTER.—Hélas! hélas! Edmond, cette conduite dénaturée me déplaît. Quand je leur ai demandé la permission d'avoir pitié de lui, ils m'ont interdit l'usage de ma propre maison; ils m'ont défendu, sous peine de leur éternel ressentiment, de leur parler de lui, de solliciter pour lui, et de le soulager en rien.

EDMOND.—Cela est bien cruel et dénaturé!

GLOCESTER.—Allez, ne dites rien: il y a une mésintelligence entre les deux ducs; il y a pis encore. J'ai reçu cette nuit une lettre.... Il serait dangereux seulement d'en parler.... J'ai enfermé la lettre dans mon cabinet. Le roi va être vengé des injures qu'il souffre en ce moment. Déjà une armée est en partie débarquée. Il faut nous attacher au roi. Je vais le chercher et le consoler en secret. Vous, allez entretenir le duc, pour qu'il ne s'aperçoive pas de mes charitables soins. S'il me demande, je suis malade et je suis allé me coucher.— Quand j'en devrais mourir, et l'on ne m'a pas menacé de moins que cela, il faut que je secoure le roi mon vieux maître.—Il va arriver quelque chose d'extraordinaire, Edmond; je vous en prie, soyez circonspect.

(Il sort.)

EDMOND.—En dépit de toi, le duc va être instruit à l'heure même de cette courtoisie, et de cette lettre aussi. Ce sera, ce me semble, assez bien mériter de lui, et j'y dois gagner tout ce que va perdre mon père; oui, tout, sans exception: les jeunes gens s'élèvent quand les vieux s'en vont.

(Il sort.)

SCÈNE IV

Une partie de la bruyère où l'on voit une hutte.—L'orage continue.

Entrent LEAR, KENT, LE FOU.

KENT.—Voici l'endroit, mon seigneur. Mon bon seigneur, entrez: une nuit si rigoureuse passée en plein air est trop rude pour les forces de la nature.

LEAR.—Laisse-moi tranquille.

KENT.—Mon bon maître, entrez.

LEAR.—Veux-tu briser mon coeur?

KENT.—Je briserais plutôt le mien. Mon bon seigneur, entrez.

LEAR.—Tu crois que c'est grand'chose que cette tempête mutinée qui nous pénètre jusqu'aux os. C'est beaucoup pour toi; mais là où s'est fixée une plus grande douleur, une moindre se fait à peine sentir. Tu chercherais à éviter un ours; mais si ta fuite te conduisait vers la mer en furie, tu reviendrais affronter l'ours en face. Quand l'âme est libre, le corps est délicat; mais la tempête qui agite mon âme ne laisse à mes sens aucune autre impression que celles qui se combattent au dedans de moi.—L'ingratitude de nos enfants!.... n'est-ce pas comme si ma bouche déchirait ma main pour lui avoir porté la nourriture? Mais je punirai bientôt.—Non, je ne veux plus pleurer.—Par une nuit semblable, me mettre à la porte!—Verse tes torrents, je les supporterai.— Dans une nuit semblable!—O Régane! Gonerille! votre bon vieux père, dont le coeur sans méfiance vous a tout donné!—Oh! c'est de ce côté qu'est la folie; évitons-le, n'en parlons plus.

KENT.—Mon bon seigneur, entrez ici.

LEAR.—Je te prie, entre toi-même; et cherche tes aises. Cette tempête ne me laisse pas le temps de m'arrêter sur des choses qui me feraient bien plus de mal.—Cependant je vais entrer. (*Au fou.*)—Va, mon enfant, entre le premier.—Va, indigence sans asile!—Allons, entre donc. Je vais prier, et je dormirai après. (*Le fou entre.*)—Pauvres misérables privés de tout, quelque part que vous soyez, qui endurez les coups redoublés de cet orage impitoyable, comment vos têtes sans abri, vos flancs vides de nourriture, vos haillons ouverts de toutes parts, se défendront-ils contre des temps aussi cruels? Ah! je n'ai pas pris assez de soin de cela! Orgueil somptueux, viens essayer de ce remède; expose-toi à sentir ce que sentent les malheureux, afin d'apprendre à leur jeter tout ton superflu, et à nous montrer les cieux plus justes.

EDGAR, *derrière le théâtre.*—Une brasse et demie, une brasse et demie! Le pauvre Tom!

LE FOU, *sortant de la hutte avec précipitation.*—N'entrez pas, noncle; il y a là un esprit. Au secours! au secours!

KENT.—Donne-moi ta main. Qui est là!

LE FOU.—Un esprit, un esprit: il dit qu'il s'appelle le pauvre Tom.

KENT.—Qui es-tu, toi qui es là à grommeler dans la paille? Sors.

(Entre Edgar vêtu comme un fou.)

EDGAR.—Va-t'en; le malin esprit me suit. A travers l'aubépine piquante souffle le vent froid. Hum! va à ton lit tout froid, et réchauffe-toi.

LEAR.—As-tu donné tout à tes deux filles? en es-tu réduit là?

EDGAR.—Qui donne quelque chose au pauvre Tom, que le malin esprit a promené à travers les feux et les flammes, à travers les gués et les tourbillons, sur les marais et les étangs? Il a mis des couteaux sous son oreiller, des cordes sur son banc, et de la mort aux rats près de sa soupe. Il l'a rendu orgueilleux de monter un cheval bai qui trottait sur des ponts de quatre pouces de large, pour courir après son ombre qu'il prenait pour un traître.—Dieu te conserve tes cinq sens.—Tom a froid; oh! oh! oh! oh! euh! euh!—Que le ciel te préserve des ouragans, des astres malfaisants et des rhumatismes.—Faites quelque charité au pauvre Tom que tourmente le malin esprit. Oh! si je pouvais le tenir ici, et là,—et là,—et encore là,—et puis encore là!

(La tempête continue.)

LEAR.—Quoi! ses filles l'ont-elles réduit à cette extrémité?—N'as-tu pu rien garder? leur as-tu donné tout?

LE FOU.—Non, il s'est réservé une couverture; autrement nous aurions tous honte de le regarder.

LEAR.—Puissent tous les fléaux que, dans les airs flottants, une fatale destinée tient suspendus sur les crimes des hommes, se précipiter aujourd'hui sur tes filles!

KENT.—Il n'avait pas de filles, seigneur.

LEAR.—Par la mort! traître! rien dans le monde que des filles ingrates ne pouvait réduire la nature à ce point de dégradation. Est-ce donc la coutume aujourd'hui que les pères chassés trouvent si peu de pitié pour leur corps?—Juste châtiment! c'est ce corps qui a engendré ces filles de pélican.

EDGAR.—Pillicock[37] était sur la montagne de Pillicock. Holà! holà! hoé! hoé!

Note 37: (retour)

Nom d'un démon. Edgar en nommera encore plusieurs autres, qu'on reconnaîtra sans qu'il soit nécessaire de l'indiquer.

LE FOU.—Cette froide nuit fera de nous tous des fous et des frénétiques.

EDGAR.—Garde-toi du malin esprit; obéis à tes parents; garde loyalement ta foi; ne jure point; ne commets point le péché avec celle qui a promis à un autre homme la fidélité d'épouse; ne donne point de vaine parure à ta maîtresse.—Tom a froid.

LEAR.—Qui étais-tu?

EDGAR.—Un homme de service, vain de coeur et d'esprit: je frisais mes cheveux, je portais des gants à mon chapeau[38]; je servais les ardeurs de ma maîtresse, et commettais avec elle l'acte de ténèbres.—Je proférais autant de serments que de mots, et je me parjurais à la face débonnaire du ciel. J'étais un homme qui s'endormait dans des projets de volupté, et se réveillait pour les exécuter. J'aimais passionnément le vin, les dés avec ardeur; et quant aux femmes, j'avais plus de maîtresses qu'un Turc: faux de coeur, l'oreille crédule, la main sanguinaire, pourceau pour la paresse, renard pour la ruse, loup pour la voracité, un chien dans ma rage, un lion pour saisir ma proie. Ne permets pas que le bruit d'un soulier ou le frôlement de la soie livre ton pauvre coeur aux femmes. Tiens ton pied éloigné des mauvais lieux, ta main des collerettes[39], ta plume des livres des prêteurs, et défie le malin esprit.—Mais toujours à travers l'aubépine souffle la bise aiguë. Elle fait *mun... zuum...* Ah! non, nenni, dauphin, mon garçon, cesse, laisse-le passer[40].

Note 38: (retour)

On portait à son chapeau ou le gant qu'on avait reçu de sa maîtresse, ou celui qu'un ennemi vous avait jeté comme un gage de combat. Probablement les domestiques des grandes maisons imitaient en cela les manières de leurs maîtres.

Note 39: (retour)

Plackets.

Note 40: (retour)

Ah no nonny, dolphin my boy, my boy sessa; let him trot by. Jargon mêlé d'anglais et de français: c'est le refrain d'une vieille ballade, où l'on suppose que, dans un combat entre les Anglais et les Français, le roi de France ne se souciant pas d'exposer à des hasards trop difficiles la valeur de son fils le dauphin, lui cherche un adversaire dont il puisse triompher facilement. Tous les chevaliers qui se présentent successivement sur le champ de bataille lui paraissent trop forts, et chaque fois il répète le refrain. Enfin il ne trouve pas de meilleur expédient que de faire tenir sur les pieds, à l'aide d'un arbre, un mort contre lequel il envoie le dauphin exercer sa prouesse.

(L'orage continue.)

LEAR.—Tu serais mieux dans ton tombeau qu'ici le corps nu en butte à toutes ces violences du ciel. L'homme est-il donc si peu de chose que cela? Considérons-le bien.—Tu ne dois point de soie aux vers, de peaux aux bêtes sauvages, de parfums à la civette.—Ah! trois de nous ici sont déguisés; toi, tu es la chose comme elle est. L'homme réduit à lui-même n'est autre chose qu'un pauvre animal nu, fourchu comme toi.—Loin de moi, apparences empruntées; allons, défaites-vous.

(Il arrache ses habits.)

LE FOU.—Noncle, je te prie, calme-toi; c'est une mauvaise nuit pour y nager. Maintenant un peu de feu dans une plaine sauvage ressemblerait bien au coeur d'un vieux débauché; une légère étincelle, et le reste du corps glacé.—Regardez, regardez; voici un feu qui marche.

EDGAR.—Oh! c'est le malin esprit Flibbertigibbet; il commence sa course à l'heure du couvre-feu, et rôde jusqu'au premier chant du coq: c'est de lui que viennent la taie et la cataracte; il fait loucher les yeux et donne le bec-de-lièvre; il jette la nielle sur le froment et endommage le pauvre enfant de la terre.

Saint Withold parcourut trois fois la plage;

Il rencontra le cauchemar et ses neuf lutins;

Il lui ordonna de rentrer en terre,

Et lui en fit jurer sa foi.

Et décampe, sorcière, décampe.

KENT.—Comment se trouve Votre Seigneurie?

(Entre Glocester avec un flambeau.)

LEAR.—Quel est cet homme?

KENT.—Qui est là? que cherchez-vous?

GLOCESTER.—Qui êtes-vous? vos noms?

EDGAR.—Le pauvre Tom, qui mange la grenouille nageuse, le crapaud, le têtard, le lézard de murailles et le lézard d'eau. Quand le malin esprit fait rage, il mange, dans la furie de son coeur, la bouse de vache en guise de salade; il avale le vieux rat et le chien jeté dans le fossé; il boit le manteau verdâtre des eaux stagnantes; il est chassé à coups de fouet de district en district; il est mis dans les ceps, puni, emprisonné; lui qui a eu jadis trois habits sur son dos, six chemises à son corps, un cheval entre ses jambes et une épée à son côté.

Mais les souris et les rats, et tout ce menu gibier,

Ont été la nourriture de Tom depuis sept longues années.

Prenez garde à celui qui est auprès de moi.—Paix, Smolkin; paix, démon.

GLOCESTER.—Quoi! Votre Seigneurie n'a pas meilleure compagnie?

EDGAR.—Le prince des ténèbres est gentilhomme: on l'appelle Modo et Mahu.

GLOCESTER.—Seigneur, notre chair et notre sang se sont tellement pervertis, qu'ils prennent en haine ceux qui les ont engendrés.

EDGAR.—Pauvre Tom a froid.

GLOCESTER.—Venez avec moi; mon devoir ne peut me permettre d'obéir en tout aux ordres cruels de vos filles. Quoiqu'elles m'aient enjoint de fermer les portes de ma maison, et de vous laisser à la merci de cette cruelle nuit, je me suis pourtant hasardé à venir vous chercher, pour vous conduire dans un lieu où vous trouverez du feu et des aliments.

LEAR.—Laissez-moi d'abord m'entretenir avec ce philosophe.—Quelle est la cause du tonnerre?

KENT.—Mon bon maître, acceptez son offre, rendez-vous dans cette maison.

LEAR.—J'ai un mot à dire à ce savant Thébain.—Quelle est votre étude?

EDGAR.—D'échapper au malin esprit et de tuer la vermine.

LEAR.—Laissez-moi vous dire un mot à part.

KENT, *à Glocester.*—Pressez-le encore une fois de venir, milord; sa raison commence à se troubler.

GLOCESTER.—Peux-tu le blâmer? ses filles veulent sa mort.—Ah! ce brave Kent, il avait bien prédit qu'il en serait ainsi. Pauvre banni! Tu dis que le roi devient fou. Ami, je te dirai que je suis presque fou moi-même. J'avais un fils que j'ai proscrit de mon sang: dernièrement, tout dernièrement il a cherché à m'assassiner. Je l'aimais, mon ami: jamais un père n'aima plus chèrement son fils. Pour te dire la vérité, le chagrin a affaibli ma raison.— Quelle nuit! (*A Lear.*)—Je conjure Votre Seigneurie...

LEAR.—Oh! je vous demande pardon.—Noble philosophe, honorez-moi de votre compagnie.

EDGAR.—Tom a froid.

GLOCESTER, *à Edgar.*—Va, l'ami. A ta hutte; va t'y réchauffer.

LEAR.—Allons, entrons-y tous.

KENT.—C'est par ici, seigneur.

LEAR.—Avec lui: je veux rester avec mon philosophe.

KENT.—Mon bon seigneur, calmez-le; laissez prendre cet homme avec lui.

GLOCESTER.—Emmenez-le.

KENT, *à Edgar.*—Allons, l'ami, viens avec nous.

LEAR.—Venez, bon Athénien.

GLOCESTER.—Silence! silence! chut.

EDGAR.

Le jeune chevalier Roland vint à la tour ténébreuse;

Il disait toujours, fi! foh! fum!

Je sens ici le sang d'un Breton.

(Ils sortent.)

SCÈNE V

Un appartement du château de Glocester.

Entrent CORNOUAILLES, EDMOND.

CORNOUAILLES.—Je serai vengé avant de quitter sa maison.

EDMOND.—Mais, seigneur, je pourrai être blâmé d'avoir ainsi fait céder la nature à la fidélité: je m'effraye un peu de cette pensée.

CORNOUAILLES.—Je vois maintenant que ce n'était pas uniquement le mauvais naturel de votre frère qui le portait à en vouloir à la vie de son père, mais que les vices de celui-ci ont provoqué la condamnable méchanceté de l'autre.

EDMOND.—Que ma destinée est cruelle, qu'il faille me repentir d'être juste!—Voici la lettre dont il m'a parlé, et qui prouve ses intelligences avec le parti qui sert les intérêts de la France. Oh! cieux! s'il avait été possible que cette trahison n'existât pas ou ne fût pas découverte par moi!

CORNOUAILLES.—Suivez-moi chez la duchesse.

EDMOND.—Si le contenu de cette lettre est véritable, vous avez de grandes affaires sur les bras.

CORNOUAILLES.—Faux ou vrai, il t'a fait comte de Glocester. Découvre où peut être ton père, afin que je n'aie qu'à le faire prendre.

EDMOND, *à part.*—Si je le trouve assistant le roi, cette circonstance augmentera encore les soupçons. (*Haut.*)—Je continuerai de vous être fidèle, quoique j'aie un rude combat à soutenir entre vous et la nature.

CORNOUAILLES.—Va, je mets toute ma confiance en toi, et mon affection te rendra un meilleur père.

(Ils sortent.)

SCÈNE VI

Une chambre dans une ferme joignant au château.

Entrent GLOCESTER, LEAR, KENT, LE FOU ET EDGAR.

GLOCESTER.—Il fait meilleur ici qu'en plein air: sachez-m'en quelque gré. Je vais vous fournir autant que je pourrai les moyens de rendre ceci plus commode. Je ne vous quitte pas pour longtemps.

KENT.—Toutes les puissances de la raison ont cédé en lui à la violence du chagrin.—Que le ciel récompense votre bonté.

(Glocester sort.)

EDGAR.—Ratèrent m'appelle: il me dit que Néron joue du triangle dans le lac de ténèbres[41]. Priez, innocents, et gardez-vous du malin esprit.

Note 41: (retour)

Selon Rabelais, c'est du violon que Néron joue en enfer et Trajan du triangle.

LE FOU.—Noncle, dis-moi, je t'en prie, un fou est-il noble ou roturier?

LEAR.—C'est un roi, c'est un roi.

LE FOU.—Non, c'est un roturier qui a pour fils un gentilhomme; car c'est un fou que le roturier qui consent à voir devant lui son fils gentilhomme.

LEAR.—Il m'en faut faire venir mille avec des broches rougies au feu qui siffleront contre eux.

EDGAR.—Le malin esprit me mord dans le dos.

LE FOU.—Il est fou celui qui se fie à la douceur d'un loup apprivoisé, à la santé d'un cheval, à l'amitié d'un jeune homme et au serment d'une prostituée.

LEAR.—Cela sera; je vais les sommer de comparaître à l'instant.—(A Edgar.) Viens, assieds-toi là, très-savant justicier.—(Au fou.) Et toi, sage seigneur, assieds-toi là.—Eh bien! traîtresses...

EDGAR.—Voyez comme il reste là, comme il fixe ses yeux ardents... Désires-tu des spectateurs à ton procès, madame?...

Viens à moi en traversant le ruisseau, Bessy.

LE FOU.

Elle a une fente à son bateau,

Et ne peut pas dire

Pourquoi elle n'ose venir à toi.

EDGAR.—Le malin esprit poursuit le pauvre Tom avec la voix d'un rossignol. Hopdance crie dans le ventre de Tom pour avoir deux harengs blancs. Cesse de croasser, ange noir; je n'ai rien à manger pour toi.

KENT, *à Lear.*—Eh bien! comment vous trouvez-vous, seigneur? Ne demeurez pas ainsi dans la stupeur. Voulez-vous vous coucher et reposer sur ces coussins?

LEAR.—Voyons d'abord leur procès.—Qu'on amène les témoins. (*A Edgar.*)—Toi, juge en robe, prends ta place; et toi qui es accouplé avec lui au joug de l'équité, prends siége à ses côtés. (*A Kent.*)—Vous êtes de la commission; asseyez-vous aussi.

EDGAR.—Procédons avec justice.

Dors-tu ou veilles-tu, gentille pastourelle?

Tes brebis sont dans le blé.

Un souffle seulement de ta petite bouche,

Et tes brebis sont préservées de mal.

Pouff! le chat est gris!

LEAR.—— Citez d'abord celle-ci; c'est Gonerille. J'affirme ici par serment, devant cette honorable assemblée, qu'elle a chassé à coups de pied le pauvre roi son père.

LE FOU.—Avancez, maîtresse; votre nom est-il Gonerille?

LEAR.—Elle ne peut pas le désavouer.

LE FOU.—Je vous demande pardon; je vous prenais pour un escabeau.

LEAR.—Tenez, en voici une autre dont les yeux hagards annoncent de quelle trempe est son coeur. Arrêtez-la ici: aux armes! aux armes, fer, flamme!—La corruption est entrée ici.—Juge inique, pourquoi l'as-tu laissée échapper?

EDGAR.—Dieu bénisse tes cinq sens!

KENT.—O pitié! Seigneur, où est donc maintenant cette patience que vous vous êtes vanté si souvent de conserver?

EDGAR, *à part.*—Mes larmes commencent à se mettre tellement de son parti, qu'elles vont gâter mon personnage.

LEAR.—Les petits chiens tout comme les autres: voyez, Tray, Blanche, Petit-Coeur; les voilà qui aboient contre moi.

EDGAR.—Tom va leur jeter sa tête.—Allez-vous-en, roquets.

Que ta gueule soit blanche ou noire,

Que tes dents empoisonnent quand tu mords,

Mâtin, lévrier, métis hargneux,

Chien courant ou épagneul, braque ou limier,

Mauvais petit chien à la queue coupée ou la queue en trompette,

Tom les fera tous hurler et gémir;

Car lorsque je leur jette ainsi ma tête,

Les chiens sautent par-dessus la porte et tous se sauvent.

Don don don do. C'est çà. Allons aux veillées, aux foires, aux villes de marché. Pauvre Tom, ta corne est à sec.

LEAR.—Maintenant qu'on dissèque Régane.—Voyez de quoi se nourrit son coeur. Y a-t-il dans la nature quelques éléments qui puissent former des coeurs si durs? (*A Edgar.*)—Vous, mon cher, je vous prends au nombre de mes cent chevaliers: seulement la mode de votre habit ne me plaît point. Vous me direz peut-être que c'est un costume persan; cependant changez-en.

KENT.—Maintenant, mon bon maître, couchez-vous ici, et prenez un peu de repos.

LEAR.—Point de bruit, point de bruit. Tirez les rideaux; ainsi, ainsi, ainsi, nous irons souper dans la matinée; ainsi, ainsi, ainsi.

LE FOU.—Et je me coucherai à midi.

(Entre Glocester.)

GLOCESTER.—Approche, ami. Où est le roi, mon maître?

KENT.—Le voilà, seigneur; mais ne le troublez pas; sa raison est perdue.

GLOCESTER.—Mon bon ami, je te conjure, prends-le dans tes bras: je viens d'entendre un complot pour le mettre à mort. Il y a ici une litière toute prête: porte-le dedans, et conduis-le promptement vers Douvres, ami, où tu trouveras un bon accueil et des protecteurs. Enlève ton maître: si tu diffères seulement d'une demi-heure, lui, toi et quiconque osera prendre sa défense, êtes assurés de périr.—Prends-le, prends-le, et suis-moi. Je vais le conduire en peu d'instants au lieu où j'ai tout fait préparer.

KENT.—La nature épuisée s'est assoupie. Le sommeil aurait pu remettre quelque baume dans tes organes blessés. Si les circonstances ne le permettent pas, ta guérison sera difficile. (*Au fou.*) Allons, aide-moi à porter ton maître; il ne faut pas que tu restes en arrière.

GLOCESTER.—Allons, allons, partons.

(Sortent Kent, Glocester et le fou, emportant le roi.)

EDGAR.—Quand nous voyons nos supérieurs endurer les mêmes maux que nous, à peine conservons-nous quelque amertume sur nos misères. Celui qui souffre seul souffre surtout dans son âme, en laissant derrière lui des êtres libres et le spectacle du bonheur. Mais l'âme surmonte bien plus facilement la douleur, quand le malheur a des compagnons, et que l'on souffre en société. Que mes peines me semblent maintenant légères et supportables, quand je vois le roi incliné sous le même poids qui me fait courber. Il a des enfants comme moi j'ai un père.—Tom, pars; sois attentif à ces grands événements, et découvre-toi quand l'opinion trompeuse qui te flétrit de ses injurieuses pensées, détruite à bon droit par tes actions, rapportera son jugement et reconnaîtra ton innocence. Arrive ce qui pourra cette nuit, si du moins le roi se sauve!—Cachons-nous, cachons-nous.

(Il sort.)

SCÈNE VII

Un appartement du château de Glocester.

Entrent CORNOUAILLES, RÉGANE, GONERILLE, EDMOND, DES DOMESTIQUES.

CORNOUAILLES, *à Gonerille.*—Partez promptement; allez trouver le duc votre époux, et montrez-lui cette lettre. L'armée française est débarquée. Qu'on cherche ce traître de Glocester.

(Quelques domestiques sortent.)

RÉGANE.—Qu'on le pende à l'instant.

GONERILLE.—Qu'on lui arrache les yeux.

CORNOUAILLES.—Laissez-le à mon ressentiment.—Edmond, accompagnez notre soeur; il ne convient pas que vous soyez témoin de la vengeance que nous sommes obligés de tirer de votre perfide père. Avertissez le duc chez qui vous allez vous rendre de hâter le plus possible ses préparatifs. Nous, nous nous engageons à en faire autant: nous établirons entre nous des courriers rapides et intelligents. Adieu, chère soeur; adieu, comte de Glocester. (*Entre Oswald.*)—Eh bien! où est le roi?

OSWALD.—Le comte de Glocester vient de le faire partir d'ici; trente-cinq ou trente-six de ses chevaliers qui le cherchaient avec ardeur l'ont joint à la porte, et ils sont tous partis pour Douvres avec quelques-uns des gens du comte. Ils se vantent d'y trouver des amis bien armés.

CORNOUAILLES.—Préparez des chevaux pour votre maîtresse.

GONERILLE.—Adieu, cher lord; adieu, ma soeur.

(Gonerille et Édouard sortent.)

CORNOUAILLES.—Adieu, Edmond.—Qu'on cherche le traître Glocester. Garrottez-le comme un voleur, et amenez-le devant nous. (*Sortent encore quelques domestiques.*)—Quoique nous ne puissions pas trop disposer de sa vie sans les formes de la justice, notre pouvoir fera une grâce à notre colère. On peut nous en blâmer, mais non pas nous en empêcher. (*Rentrent les domestiques avec Glocester.*) Qui vient ici? Est-ce le traître?

RÉGANE.—C'est lui-même.—Fourbe ingrat!

CORNOUAILLES.—Serrez-bien ses bras de liége.

GLOCESTER.—Que veulent dire Vos Seigneuries? Mes bons amis, considérez que vous êtes mes hôtes; ne me faites point d'indignes traitements, amis.

CORNOUAILLES.—Liez-le, vous dis-je.

(Les domestiques le lient.)

RÉGANE.—Ferme, ferme.—O l'infâme traître!

GLOCESTER.—Impitoyable dame, je ne suis point un traître.

CORNOUAILLES.—Attachez-le à cette chaise.—Scélérat, tu verras...

(Régane lui arrache la barbe.)

GLOCESTER.—Par les dieux propices, c'est me traiter bien indignement que de m'arracher ainsi la barbe.

RÉGANE.—L'avoir si blanche, et être un pareil traître!

GLOCESTER.—Méchante dame, ces poils dont tu dépouilles mon menton s'animeront pour t'accuser. Je suis votre hôte: devriez-vous ainsi d'une main déloyale insulter à ma bienveillance hospitalière? Que prétendez-vous?

CORNOUAILLES.—Voyons, mon gentilhomme; quelles lettres avez-vous dernièrement reçues de France?

RÉGANE.—Répondez franchement, car nous savons la vérité.

CORNOUAILLES.—Quelle intelligence avez-vous avec les traîtres qui viennent de débarquer dans ce royaume?

RÉGANE.—A quelles mains envoyez-vous remettre votre lunatique de roi?

GLOCESTER.—J'ai reçu une lettre où l'on m'entretient de conjectures: elle me vient d'une personne tout à fait neutre, et non d'aucun de vos ennemis.

CORNOUAILLES.—Artifice.

RÉGANE.—Mensonge.

CORNOUAILLES.—Où as-tu envoyé le roi?

GLOCESTER.—A Douvres.

RÉGANE.—Pourquoi à Douvres? N'étais-tu pas chargé, sous peine...

CORNOUAILLES.—Pourquoi à Douvres?—Qu'il réponde d'abord à cela.

GLOCESTER.—Je suis attaché au poteau; il me faut soutenir l'attaque.

RÉGANE.—Pourquoi à Douvres?

GLOCESTER.—Parce que je ne voulais pas voir tes ongles cruels arracher ses pauvres vieux yeux, et ta soeur féroce enfoncer dans sa chair sacrée ses défenses de sanglier. Par une tempête semblable à celle que sa tête nue a supportée pendant cette nuit noire comme l'enfer, la mer soulevée serait allée éteindre et entraîner les feux des étoiles; et cependant son pauvre vieux coeur secondait encore la pluie du ciel.—Si dans cette rude nuit les loups avaient hurlé à ta porte, tu aurais dit: «Bon portier, tourne-leur la clef.»—Tout ce qu'il y a de cruel, excepté vous, avait cédé.—Mais je verrai les ailes de la vengeance atteindre de pareils enfants.

CORNOUAILLES.—Tu ne le verras jamais.—Vous autres, tenez bien cette chaise.—J'écraserai tes yeux sous mon pied.

(On tient Glocester retenu sur la chaise, tandis que le duc lui arrache un oeil et l'écrase avec son pied.)

GLOCESTER.—Que celui qui espère parvenir à la vieillesse me donne quelque secours!—O cruels! O dieux!

RÉGANE.—Un côté se moquerait de l'autre: l'autre aussi.

CORNOUAILLES.—Si tu vois la vengeance...

UN DES DOMESTIQUES.—Arrêtez, seigneur: je vous sers depuis mon enfance; mais je ne vous rendis jamais un plus grand service qu'en vous priant de vous arrêter...

RÉGANE.—Qu'est-ce que c'est, chien que vous êtes?

LE DOMESTIQUE.—Si vous portiez barbe au menton, je la secouerais dans cette occasion.—Que prétendez-vous?

CORNOUAILLES.—Quoi! un vilain qui est à moi!

(Il tire son épée et court sur lui.)

LE DOMESTIQUE.—Eh bien! avancez donc, et subissez les hasards de la colère.

(Ils se battent et le duc est blessé.)

RÉGANE, *à un autre domestique.*—Donne-moi ton épée.—Un paysan tenir tête ainsi!

(Elle se saisit d'une épée et le frappe par derrière.)

LE DOMESTIQUE.—Oh! je suis mort!—Milord, il vous reste encore un oeil pour voir quelque malheur tomber sur lui.

(Il meurt.)

CORNOUAILLES.—De peur qu'il n'en voie davantage encore, il faut le prévenir. (*Il lui arrache l'autre oeil et le jette à terre.*)—A terre, vile marmelade; où est maintenant ton éclat?

GLOCESTER.—Plus rien que ténèbres et affliction! Où est mon fils Edmond?—Edmond, allume en toi toutes les étincelles de la nature pour payer cette horrible action.

RÉGANE.—Va-t'en, traître, scélérat! Tu appelles à ton secours celui qui te hait: c'est lui-même qui nous a dévoilé tes trahisons; il est trop honnête homme pour avoir pitié de toi.

GLOCESTER.—O insensé que j'étais! j'ai donc fait injure à Edgar! Dieux cléments, pardonnez-le-moi, et le rendez heureux.

RÉGANE.—Allez, jetez-le hors des portes, et qu'il flaire son chemin d'ici à Douvres.—Qu'est-ce donc, seigneur? Qu'avez-vous?

CORNOUAILLES.—Je suis blessé.—Venez avec moi, madame.—Qu'on mette dehors ce coquin aveugle.—(*Montrant le corps du domestique.*) Jetez-moi cet esclave sur le fumier.—Régane, mon sang coule en abondance: cette blessure est venue mal à propos. Donnez-moi votre bras.

(Il sort en s'appuyant sur le bras de Régane.)

(Les domestiques délient Glocester et le conduisent dehors.)

PREMIER DOMESTIQUE.—Si cet homme vient à bien, je ne m'embarrasse plus de toutes les méchancetés que je pourrai faire.

SECOND DOMESTIQUE.—Si elle vit longtemps et à la fin trouve une mort naturelle, toutes les femmes vont devenir des monstres.

PREMIER DOMESTIQUE.—Suivons le vieux comte, et chargeons le mendiant de Bedlam de le conduire où il voudra: la folie de ce drôle-là se prête à tout.

SECOND DOMESTIQUE.—Va, toi: je vais chercher un peu de filasse et de blanc d'oeuf pour mettre sur son visage tout ensanglanté; et puis, que le ciel ait pitié de lui.

(Ils sortent chacun de leur côté.)

FIN DU TROISIÈME ACTE.

ACTE QUATRIÈME

SCÈNE I

Une vaste campagne.

EDGAR, *seul.*

EDGAR.—Encore vaut-il mieux être comme je suis, et me savoir méprisé, que d'être à la fois méprisé et flatté. Quand on a vu le pire, au degré le plus abject, le plus abandonné de la fortune, la vie est toute d'espérance, exempte de crainte: un changement lamentable, c'est celui qui nous fait descendre du mieux; une fois au pis, nous retournons vers le rire. Sois donc le bienvenu, air insaisissable; je me livre à toi: le misérable que ton souffle a jeté au plus bas ne doit plus rien à tes coups.—Mais qui vient ici? (*Entre Glocester conduit par un vieillard.*)—C'est mon père, bien misérablement accompagné. O monde, monde, monde! si tes étranges vicissitudes ne nous forçaient pas de te haïr, la vie ne voudrait pas céder au cours des ans.

LE VIEILLARD.—O mon bon maître, je suis depuis quatre-vingts ans le vassal de votre père et le vôtre.

GLOCESTER.—Va, va-t'en, mon bon ami, retire-toi: tes secours ne peuvent me faire aucun bien et pourraient te nuire.

LE VIEILLARD.—Hélas! seigneur, vous ne pouvez pas voir votre chemin.

GLOCESTER.—Je n'ai plus de chemin devant moi; je n'ai pas besoin d'yeux: je suis tombé lorsque je voyais. Cela se voit souvent que notre moyenne condition fait notre sécurité, et nos privations nous deviennent des avantages.—O mon cher fils Edgar, toi que dévorait le courroux de ton père abusé, si je pouvais seulement vivre assez pour te voir encore en te touchant, je dirais que j'ai retrouvé mes yeux.

LE VIEILLARD.—Je vois quelqu'un. Qui est là?

EDGAR, *à part.*—O dieux! qui peut dire: *Je suis au pis?* Me voilà plus mal que je n'ai jamais été.

LE VIEILLARD.—C'est Tom, le pauvre fou.

EDGAR, *à part.*—Et je puis être plus mal encore.—Le pire n'est point arrivé tant qu'on peut dire: *Ceci est le pire.*

LE VIEILLARD,—Où vas-tu, l'ami?

GLOCESTER.—Est-ce un mendiant?

LE VIEILLARD.—Fou et mendiant aussi.

GLOCESTER.—Il lui reste donc un peu de raison; autrement il ne serait pas en état de mendier. Pendant la tempête de la nuit dernière, j'ai vu un de ces malheureux, et en le voyant j'ai considéré un homme comme un ver de terre. Mon fils en cet instant m'est venu dans l'esprit, et cependant mon esprit ne lui était guère favorable alors. J'ai appris bien des choses depuis! Nous sommes aux dieux ce que sont les mouches aux folâtres enfants: ils nous tuent pour s'amuser.

EDGAR, *à part.*—Comment dois-je faire? C'est un mauvais métier que de faire le fou près du chagrin, on irrite les autres et soi-même. *(Haut.)*—Dieu te garde, mon maître.

GLOCESTER.—Est-ce là ce malheureux tout nu?

LE VIEILLARD.—Oui, seigneur.

GLOCESTER.—Alors, je t'en prie, va-t'en. Si pour l'amour de moi tu peux nous rejoindre à un ou deux milles d'ici, sur le chemin de Douvres, fais-le en considération de ton ancien attachement, et apporte avec toi quelque chose pour couvrir la nudité de cette pauvre créature que j'engagerai à me conduire.

LE VIEILLARD.—Hélas! seigneur, il est fou.

GLOCESTER.—C'est le malheur du temps; les fous conduisent les aveugles. Fais ce que je te demande, ou plutôt fais ce que tu voudras; mais surtout va-t'en.

LE VIEILLARD.—Je vais lui apporter le meilleur habit que je possède, arrive ce qui pourra.

(Il sort.)

GLOCESTER.—Mon garçon, pauvre homme tout nu.

EDGAR.—Pauvre Tom a froid. *(A part.)*—Je ne saurais le tromper plus longtemps.

GLOCESTER.—Viens près de moi, ami.

EDGAR.—Et cependant il le faut encore.—Que le ciel guérisse tes chers yeux; ils saignent.

GLOCESTER.—Sais-tu le chemin de Douvres?

EDGAR.—Grille ou barrière, grand chemin ou sentier. Le pauvre Tom a été privé de son bon sens; cinq démons sont entrés à la fois dans le pauvre Tom. Que l'honnête homme soit préservé du malin esprit *Obbidicut*, le démon de la luxure; *Hobbididance*, le prince des muets; *Mahu*, le démon du vol; *Modo*, celui du meurtre; et *Flibbertigibbet*, celui des contorsions et des grimaces, qui maintenant possède les femmes de chambre et les suivantes. Sur ce, béni sois-tu, maître.

GLOCESTER.—Tiens, prends cette bourse, toi que les fléaux du ciel ont accablé de tous leurs traits: mon infortune va te rendre plus heureux. Dieux, agissez toujours ainsi: que celui qui regorge de biens et se nourrit de voluptés, qui met vos commandements sous ses pieds, et ne voit pas parce qu'il ne sent pas, sente promptement votre puissance. Ainsi une juste distribution détruirait l'excès, et chaque homme aurait le nécessaire.—Connais-tu Douvres?

EDGAR.—Oui, maître.

GLOCESTER.—Là s'élève un rocher dont la haute tête s'avance et se regarde avec terreur dans la mer retenue à ses pieds; conduis-moi seulement à la pointe de sa cime, et j'ai sur moi quelque chose d'assez précieux pour te sortir de la misère que tu endures: une fois là, je n'aurai plus besoin de guide.

EDGAR.—Donne-moi ton bras; le pauvre Tom va te conduire.

(Ils sortent.)

SCÈNE II

Devant le palais du duc d'Albanie.

Entrent GONERILLE, EDMOND, OSWALD *venant à leur rencontre.*

GONERILLE.—Soyez le bien arrivé, seigneur. Je m'étonne que mon débonnaire époux ne soit pas venu au-devant de nous sur le chemin. (*A Oswald.*)—Où est votre maître?

OSWALD.—Il est ici, madame; mais jamais homme ne fut si changé. Je lui ai parlé de l'armée qui vient de débarquer; il a souri à cette nouvelle. Je lui ai dit que vous veniez; il m'a répondu: «Tant pis.» Je l'ai informé de la trahison de Glocester et des loyaux services de son fils; il m'a appelé sot, et m'a dit que je prenais les choses à l'envers. Ce qui devrait lui déplaire lui devient agréable, et ce qui devrait lui faire plaisir l'offense.

GONERILLE, *à Edmond.*—En ce cas, vous n'irez pas plus loin. Il est troublé par les pusillanimes terreurs de son esprit qui n'ose rien entreprendre. Il ne voudra pas sentir les injures qui l'obligent à y répondre.—Les voeux que nous formions sur la route pourraient bien s'accomplir. Retournez, Edmond, vers mon frère; hâtez la réunion de ses troupes, et mettez-vous à leur tête. Il faut que chez moi les armes changent de mains et que je remette la quenouille entre celles de mon mari. Ce fidèle serviteur sera notre intermédiaire. Si vous savez oser pour votre propre avantage, vous recevrez probablement sous peu les ordres d'une maîtresse. Portez ceci. (*Elle lui donne un gage d'amour.*) Épargnez les paroles; baissez la tête.... Ce baiser, s'il osait parler, élèverait ton esprit hors de lui-même. Comprends, et prospère.

EDMOND.—Tout à vous, jusqu'au sein de la mort.

(Il sort.)

GONERILLE.—Cher, cher Glocester! Oh! quelle différence entre un homme et un homme! C'est à toi qu'appartiennent les devoirs d'une femme: mon imbécile usurpe mon lit.

OSWALD.—Madame, voici mon seigneur.

(Il sort.)

(Entre Albanie.)

GONERILLE.—Je valais jadis la peine de m'appeler[42].

ALBANIE.—O Gonerille, vous ne valez pas la poussière que le vent importun chasse dans votre visage. Votre caractère m'effraye: la nature qui méprise la source d'où elle est sortie ne peut plus être contenue dans un cours réglé; celle qui volontairement se sépare et s'arrache du tronc qui la nourrit de sa sève doit nécessairement se flétrir, et servir bientôt à des usages funestes[43].

Note 42: (retour)

I have been worth of the whistle: J'ai été digne du coup de sifflet, allusion au vieux proverbe: *C'est un pauvre chien que celui qui n'est pas digne du coup de sifflet.*

Note 43: (retour)

Les plantes flétries étaient en grande réquisition pour les opérations de sorcellerie.

GONERILLE.—En voilà assez: ce texte est absurde.

ALBANIE.—La sagesse et la bonté paraissent viles à l'âme vile: la corruption ne se complaît qu'en elle-même.—Qu'avez-vous fait, tigresses et non pas filles, qu'avez-vous fait? Un père, un vieillard si bon, que l'ours à la tête pendante eût léché par respect, barbares, dénaturées que vous êtes, vous l'avez rendu fou. Comment mon bon frère, un homme, un prince comblé de ses bienfaits, a-t-il pu vous le permettre? Ah! si les cieux ne se hâtent pas d'envoyer sur la terre des esprits visibles pour imposer à ces crimes odieux, les hommes vont bientôt s'entre-dévorer comme les monstres de l'Océan.

GONERILLE.—Homme dont le coeur contient du lait, qui as bien une joue pour recevoir les coups, une tête pour soutenir les affronts, mais point d'yeux pour discerner ton honneur de ta honte; qui ne sais pas qu'aux imbéciles seulement il appartient de plaindre le misérable qui reçoit la punition avant d'avoir commis le crime! Où sont tes tambours? La France déploie ses enseignes dans nos champs silencieux: déjà celui qui t'apporte la mort, le casque couvert de plumes, commence à te menacer; et toi, vertueux imbécile, tu demeures tranquille à crier: *Hélas! pourquoi se conduit-il ainsi?*

ALBANIE.—Regarde-toi, furie! La difformité des démons ne paraît pas aussi horrible en eux que dans une femme.

GONERILLE.—Oh! quel fou ridicule!

ALBANIE.—Être mensonger, et qui te sers à toi-même de masque, prends garde que tes traits ne deviennent ceux d'un monstre: si je voulais permettre à mes mains de suivre le mouvement de mon sang, elles ne seraient que trop disposées à briser, à déchirer ta chair et tes os; mais, quoique tu sois un démon, la figure d'une femme te protége.

GONERILLE.—Vraiment, vous voilà du courage maintenant!

(Entre un messager.)

ALBANIE.—Quelles nouvelles?

LE MESSAGER.—O mon bon seigneur, le duc de Cornouailles est mort: il a été tué par un de ses serviteurs au moment où il allait crever l'oeil qui restait au comte de Glocester.

ALBANIE.—Les yeux de Glocester!

LE MESSAGER.—Un serviteur qu'il avait élevé, saisi de compassion, a voulu s'opposer à ce dessein, en tirant l'épée contre son puissant maître, qui, furieux, s'est élancé sur lui: ils l'ont percé à mort, mais non pas avant que le duc eût reçu le coup funeste qui l'a enlevé bientôt après.

ALBANIE.—Ceci montre que vous êtes là-haut, justiciers qui vengez si promptement les crimes commis par nous sur la terre! Mais ce pauvre Glocester, a-t-il perdu son autre oeil?

LE MESSAGER.—Tous les deux, tous les deux, mon seigneur.—Cette lettre, madame, exige une prompte réponse; elle est de votre soeur.

GONERILLE, *à part.*—D'un côté, ceci me plaît assez.—Mais à présent que la voilà veuve, et mon Glocester auprès d'elle, tout l'édifice que j'ai bâti dans mon imagination peut se renverser sur mon odieuse vie. Sous un autre rapport, cette nouvelle n'est pas si désagréable.—Je vais lire la lettre et y répondre.

(Elle sort.)

ALBANIE.—Et où était son fils, tandis qu'ils lui arrachaient les yeux?

LE MESSAGER.—Il était venu ici avec Milady.

ALBANIE.—Mais il n'est pas ici.

LE MESSAGER.—Non, mon bon seigneur; je viens de le rencontrer comme il s'en retournait.

ALBANIE.—Sait-il cette méchanceté?

LE MESSAGER.—Oui, mon bon seigneur: c'est lui qui a dénoncé son père, et il n'a quitté le château que pour laisser un plus libre cours à la punition.

ALBANIE.—O Glocester, je vis pour te remercier de l'attachement que tu as montré au roi, et pour venger tes yeux!—Viens, ami, viens m'instruire de ce que tu peux savoir de plus.

(Ils sortent.)

SCÈNE III

Le camp français près de Douvres.

Entrent KENT ET LE GENTILHOMME.

KENT.—Pourquoi le roi de France est-il reparti si promptement? En savez-vous la raison?

LE GENTILHOMME.—On a pensé, depuis son arrivée, à des choses qu'il avait laissées imparfaites dans ses États et qui menaçaient la France d'un si grand danger qu'elles demandaient impérieusement qu'il y retournât en personne.

KENT.—Et qui a-t-il laissé à sa place pour général?

LE GENTILHOMME.—Le maréchal de France monsieur Le Fer.

KENT.—La reine, en lisant les lettres que vous avez apportées, a-t-elle donné quelque signe de chagrin?

LE GENTILHOMME.—Oui, seigneur, elle les a prises et les a lues en ma présence, et de temps en temps une grosse larme coulait sur sa joue délicate.

Cependant elle semblait demeurer maîtresse de sa douleur, qu'on voyait se révolter et vouloir prendre l'empire sur elle.

KENT.—Oh! elle a donc été émue!

LE GENTILHOMME.—Non pas jusqu'à la violence.... La patience et la douleur disputaient à qui la montrerait sous une forme plus touchante. Vous avez vu le soleil et la pluie paraître à la fois: son sourire et ses pleurs offraient l'image d'un jour plus doux encore. Le tendre sourire, errant sur ses lèvres vermeilles, semblait ignorer quels hôtes remplissaient ses yeux, d'où les larmes s'échappaient comme des perles détachées de deux diamants: en un mot, la douleur serait une beauté rare et adorée, si elle séyait aussi bien à tous les visages.

KENT.—Ne vous a-t-elle point fait de question?

LE GENTILHOMME.—Oui, une ou deux fois elle a soupiré le nom de *père* en haletant, comme si ce nom eût oppressé son coeur. Elle s'est écriée: *Mes soeurs! ô mes soeurs! quelle honte pour des femmes! Mes soeurs! Kent! mon père! Mes soeurs! Quoi! pendant l'orage, pendant la nuit! qu'on ne croie plus à la pitié!* Alors elle a secoué l'eau sainte qui remplissait ses yeux célestes; les larmes se sont mêlées à ses cris, et soudain elle s'est éloignée pour se livrer seule à sa douleur.

KENT.—Ce sont les astres, ces astres placés au-dessus de nos têtes, qui règlent nos destinées; autrement deux époux ne pourraient engendrer des enfants si divers.—Lui avez-vous parlé depuis?

LE GENTILHOMME.—Non.

KENT.—Était-ce avant le départ du roi que vous l'avez vue?

LE GENTILHOMME.—Non, c'est depuis.

KENT.—C'est bien, monsieur.—Le pauvre malheureux Lear est dans la ville: quelquefois, dans ses meilleurs moments, il se rappelle fort bien quel motif nous a fait venir ici, et refuse absolument de voir sa fille.

LE GENTILHOMME.—Pourquoi, mon bon monsieur?

KENT.—Une honte insurmontable l'y pousse: la dureté avec laquelle il lui a retiré sa bénédiction l'a abandonnée à la merci du sort dans une contrée étrangère, et a transporté ses droits les plus précieux à ses filles au coeur de chien; toutes ces pensées déchirent son âme de traits si empoisonnés, qu'une brûlante confusion le tient éloigné de Cordélia.

LE GENTILHOMME.—Hélas! pauvre gentilhomme!

KENT.—Savez-vous quelques nouvelles de l'armée des ducs d'Albanie et de Cornouailles?

LE GENTILHOMME.—Oui, elle est en marche.

KENT.—Allons, monsieur, je vais vous conduire à notre maître Lear, et vous laisser avec lui pour l'accompagner. Un important motif me retient encore pour quelque temps sous le déguisement qui me cache. Quand je me ferai connaître, vous ne vous repentirez pas des renseignements que vous m'avez donnés. Je vous prie, venez avec moi.

(Ils sortent.)

SCÈNE IV

Toujours dans le camp.—Une tente.

Entrent CORDÉLIA, UN MÉDECIN, *des Soldats.*

CORDÉLIA.—Hélas! c'est lui-même: on vient de le rencontrer furieux comme la mer agitée, chantant de toute sa force, couronné de fumeterre rampante et d'herbes des champs, de bardane, de ciguë, d'ortie, de coquelicot, d'ivraie, et de toutes les herbes inutiles croissant dans le blé qui nous sert d'aliment. Envoyez une compagnie[44]; qu'on parcoure chaque acre dans ces champs couverts d'épis, et qu'on l'amène devant nos yeux. (*Un officier sort.*)— Que peut la sagesse humaine pour rétablir en lui la raison dont il est privé? Que celui qui pourra le secourir prenne tout ce que je possède.

Note 44: (retour)

A century.

LE MÉDECIN.—Madame, il y a des moyens. Le sommeil est le père nourricier de la nature; c'est de sommeil qu'il a besoin: pour le provoquer en lui, nous avons des simples dont la vertu puissante parviendra à fermer les yeux de la douleur.

CORDÉLIA.—Secrets bienfaisants, vertus cachées dans le sein de la terre, sortez-en, arrosées par mes larmes; secondez-nous, portez remède aux souffrances de ce bon vieillard. Cherchez, cherchez, cherchez-le, de peur que sa fureur, abandonnée à elle-même, ne brise les liens d'une vie qui n'a plus les moyens de se diriger.

(Entre un messager.)

LE MESSAGER.—Des nouvelles, madame: l'armée anglaise s'avance.

CORDÉLIA.—On le savait déjà; nos préparatifs sont faits pour la recevoir.—O père chéri, c'est pour toi seul que je travaille: le puissant roi de

France a eu pitié de ma douleur et de mes larmes importunes. Ce n'est point enflés par l'ambition que nous avons été excités à prendre nos armes; c'est l'amour, le tendre amour et les droits de notre vieux père... Puissé-je bientôt avoir de ses nouvelles et le voir!

SCÈNE V

Un appartement dans le château de Glocester.
RÉGANE ET OSWALD.

RÉGANE.—Mais l'armée de mon frère, est-elle en marche?

OSWALD.—Oui, madame.

RÉGANE.—Y est-il en personne?

OSWALD.—Oui, madame, à grand'peine: votre soeur est le meilleur soldat des deux.

RÉGANE.—Lord Edmond n'a-t-il pas vu votre maître chez lui?

OSWALD.—Non, madame.

RÉGANE.—Et que peut contenir la lettre que lui écrit ma soeur?

OSWALD.—Je l'ignore, madame.

RÉGANE.—Au fait, c'est pour des soins bien importants qu'il est parti d'ici en diligence. Ç'a été une grande imprévoyance, après avoir arraché les yeux à Glocester, de le laisser en vie: partout où il arrive, il soulève tous les coeurs contre nous. Edmond est parti, je pense, pour l'aller, par pitié, délivrer des misères de la vie plongée dans les ténèbres: il doit aussi reconnaître les forces de l'ennemi.

OSWALD.—Il faut que je le suive, madame, avec ma lettre.

RÉGANE.—Nos troupes se mettent en marche demain: restez ici; les chemins ne sont pas sûrs.

OSWALD.—Je ne le puis, madame, ma maîtresse m'a imposé le devoir d'exécuter cet ordre.

RÉGANE.—Mais pourquoi écrit-elle à Edmond? Ne pouvait-elle vous charger verbalement de ses ordres? Peut-être...—Je ne sais quoi...—Je t'aimerai de tout mon coeur...—Laisse-moi décacheter cette lettre.

OSWALD.—Madame, j'aimerais mieux...

RÉGANE.—Je sais que votre maîtresse n'aime point son mari; j'en suis sûre: la dernière fois qu'elle vint ici, elle lançait au noble Edmond d'étranges oeillades et des regards bien significatifs. Je sais que vous êtes dans son intime confiance.

OSWALD.—Moi, madame?

RÉGANE.—Oui, je sais ce que je dis; vous y êtes, je le sais: ainsi je vous en avertis, faites bien attention à ceci.—Mon époux est mort: Edmond et moi nous nous sommes parlé; il est beaucoup plus à ma convenance qu'à celle de votre maîtresse. Vous pouvez comprendre le reste. Si vous le trouvez, donnez-lui ceci, je vous prie; et quand vous rendrez compte de tout ce que je vous dis à votre maîtresse, conseillez-lui, s'il vous plaît, de rappeler à elle sa raison. Maintenant adieu.—Si vous entendez par hasard parler de cet aveugle traître, la faveur sera pour celui qui nous en défera.

OSWALD.—Je voudrais pouvoir le rencontrer, madame, et je vous prouverais à quel point je suis dévoué.

RÉGANE.—Je te souhaite le bonjour.

SCÈNE VI

Dans la campagne près de Douvres.

GLOCESTER, EDGAR, *vêtus en paysans.*

GLOCESTER.—Quand arriverons-nous donc au sommet de cette montagne que tu sais?

EDGAR.—Vous commencez à la gravir à présent: voyez combien nous fatiguons.

GLOCESTER.—Il me semble que le terrain est uni.

EDGAR.—Oh! l'horrible côte! Écoutez; n'entendez-vous pas la mer?

GLOCESTER.—Non, en vérité.

EDGAR.—Il faut donc que la douleur de vos yeux ait affaibli en vous les autres sens.

GLOCESTER.—Cela pourrait être. Il me semble que ta voix est changée: tu parles aussi en meilleurs termes et d'une manière plus raisonnable que tu ne faisais.

EDGAR.—Vous vous trompez tout à fait; il n'y a de changé en moi que l'habit.

GLOCESTER.—Il me semble bien que vous parlez mieux.

EDGAR.—Avancez, seigneur; voici l'endroit; ne bougez pas.—Oh! comme cela fait tourner la tête! comme cela est effrayant de regarder ainsi là-bas! La corneille et le choucas qui volent dans les airs, vers le milieu de la montagne, paraissent à peine de la grosseur des cigales.—Sur le penchant, à mi-côte, est suspendu un homme qui cueille du fenouil marin. Le dangereux métier! Il me semble qu'il ne paraît pas plus gros que sa tête.—Ces pêcheurs qui marchent sur la grève ressemblent à des souris.—Ce grand vaisseau là-bas à l'ancre paraît petit comme sa chaloupe, et sa chaloupe comme une bouée que la vue peut à peine distinguer.—On ne saurait entendre de si haut le murmure des vagues qui se brisent en écumant sur les innombrables et stériles cailloux du rivage.—Je ne veux plus regarder de peur que le vertige me prenne et que ma vue se trouble, je tomberais la tête la première.

GLOCESTER.—Placez-moi à l'endroit où vous êtes.

EDGAR.—Donnez-moi votre main: vous voilà maintenant à un pied du bord. Pour tout ce qu'il y a sous la lune, je ne voudrais pas seulement sauter sur place.

GLOCESTER.—Lâche ma main. Tiens, mon ami, voilà une autre bourse; il y a dedans un joyau qui vaut bien la peine d'être accepté par un homme pauvre: que les fées et les dieux le fassent prospérer entre tes mains. Éloigne-toi, dis-moi adieu; que je t'entende partir.

EDGAR, *feignant de se retirer.*—Adieu donc, mon bon seigneur.

GLOCESTER—De tout mon coeur.

EDGAR.—Si je me joue ainsi de son désespoir, c'est pour l'en guérir.

GLOCESTER.—O vous, dieux puissants, je renonce au monde, et sous votre regard je vais sans murmure me délivrer de ma profonde affliction. Si je pouvais la supporter plus longtemps sans me révolter contre votre suprême et insurmontable volonté, cette mèche usée, cette portion méprisée de mon être, irait brûlant jusqu'au bout.—Si Edgar vit encore, ô bénissez-le.—Maintenant, ami, adieu.

(Il saute et tombe de sa hauteur sur la plaine.)

EDGAR.—C'est donc fini, seigneur, adieu! Et cependant je ne conçois pas comment la volonté peut parvenir à dérober le trésor de la vie, lorsque la vie elle-même cède et se laisse dérober. S'il avait été où il le pensait, en ce moment toute pensée serait finie.—Êtes-vous vivant ou mort?... Hé!

monsieur!... l'ami! m'entendez-vous?... parlez.—Serait-il possible qu'il eût passé de cette manière? Mais non, il revient à lui.—Qui êtes-vous, monsieur?

GLOCESTER.—Va-t'en, et laisse-moi mourir.

EDGAR.—Si tu avais été autre chose qu'un fil de la Vierge[45], une plume ou un souffle d'air, en te précipitant d'une hauteur de tant de brasses, tu te serais écrasé comme un oeuf. Cependant tu respires, tu as un corps pesant, et ton sang ne coule point! et tu parles! et tu n'es pas blessé! Dix mâts l'un au bout de l'autre n'atteindraient pas à cette hauteur d'où tu viens de tomber perpendiculairement. Ta vie est un miracle; parle donc encore.

Note 45: (retour)

Gossamer. Ce sont ces fils blancs que l'on voit voltiger en automne.

GLOCESTER.—Mais suis-je tombé ou non?

EDGAR.—De l'effroyable cime de cette montagne de craie.—Regarde cette hauteur d'où l'alouette à la voix perçante ne pourrait être ni vue ni entendue.—Regarde seulement en l'air.

GLOCESTER.—Hélas! je n'ai plus d'yeux.—Le malheur est-il donc privé du bienfait de pouvoir par la mort se délivrer de lui-même? Il restait encore quelque consolation quand la misère pouvait tromper la rage d'un tyran et se soustraire à ses orgueilleuses volontés.

EDGAR.—Donnez-moi votre bras; allons, levez-vous.—Bon.—Comment êtes-vous? Sentez-vous vos jambes, pouvez-vous vous tenir debout?

GLOCESTER.—Trop bien, trop bien.

EDGAR.—C'est la chose la plus miraculeuse!—Qu'est-ce donc que j'ai vu s'éloigner de vous au sommet de la montagne?

GLOCESTER.—Un pauvre malheureux mendiant.

EDGAR.—Ici, d'en bas où j'étais ses yeux m'ont paru comme deux pleines lunes, il avait un millier de nez, des cornes contournées, et ondulait comme la mer en furie: c'était quelque esprit.—Ainsi, heureux vieillard, tu dois penser que les dieux très-grands, qui font leur gloire de ce qui est impossible aux hommes, ont voulu te sauver.

GLOCESTER.—Je me rappelle maintenant. Désormais je supporterai l'affliction jusqu'à ce qu'elle crie d'elle-même: Assez, assez, meurs.—Celui dont tu me parles, je l'ai pris pour un homme; il ne cessait de répéter: L'esprit, l'esprit! C'est lui qui m'avait conduit à cet endroit.

EDGAR.—Cherche la liberté d'esprit et la patience. (*Entre Lear, bizarrement paré de fleurs.*)—Qui vient ici? Une tête en bon état n'arrangerait jamais ainsi celui qui la porte.

LEAR.—Non, ils ne peuvent me rien faire pour avoir battu monnaie: je suis le roi en personne.

EDGAR.—O spectacle qui me perce le coeur!

LEAR.—En cela la nature est supérieure à l'art.—Venez, voilà l'argent de votre engagement. Ce drôle tient son arc comme un épouvantail à corbeaux.—Lancez-moi là une flèche d'une aune.... Regardez, regardez, une souris! paix, paix; ce morceau de fromage grillé fera l'affaire.... Voilà mon gantelet; j'en veux faire l'essai sur un géant.—Apportez les haches d'armes.... Il vole bien l'oiseau. Dans le but! dans le but!—Holà! le mot d'ordre.

EDGAR.—Marjolaine.

LEAR.—Passe.

GLOCESTER.—Je connais cette voix.

LEAR.—Ah! Gonerille!—Avec une barbe blanche!—Ils me flattaient comme un chien; ils me disaient que j'avais des poils blancs dans ma barbe, avant seulement que les noirs eussent poussé.... Répondre ainsi oui et non à tout ce que je disais!—Oui, et non aussi, cela n'était pas d'une bonne théologie.... Quand un jour la pluie est venue me tremper, et le vent faire claquer mes dents; quand le tonnerre n'a pas voulu se taire à mon ordre, c'est alors que je les ai connus, que j'ai senti ce qu'ils étaient. Allez, allez, ce ne sont pas des hommes de parole. Ils me disaient que j'étais tout ce que je voulais être: c'est un mensonge.... je ne suis pas à l'épreuve de la fièvre.

GLOCESTER.—L'accent de cette voix m'est bien connu. N'est-ce pas le roi?

LEAR.—Oui, des pieds à la tête un roi.—Quand je prends un air sévère, vois comme mes sujets tremblent.—Je fais grâce à cet homme de la vie.—Quel était son crime? l'adultère? Tu ne mourras point. Mourir pour un adultère? Non, non; le roitelet et la petite mouche dorée vont libertinant sous mes yeux. Encouragez les accouplements. Le fils bâtard de Glocester a été plus tendre pour son père que ne l'ont été pour moi mes filles, engendrées entre les draps d'un lit légitime. A la besogne, luxure, pêle-mêle; j'ai besoin de soldats.—Voyez cette dame au sourire ingénu, dont la physionomie vous ferait supposer qu'elle cache la neige sous sa robe, qui raffine sur la vertu, et hoche la tête au seul nom de plaisir: le chat sauvage et l'étalon enfermé dans l'écurie n'y courent pas avec un appétit plus désordonné. A partir de la taille ce sont des centaures, quoique tout le haut soit d'une femme; les dieux ne possèdent que jusqu'à la ceinture, tout ce qui est au-dessous appartient aux démons; là est l'enfer, l'abime sulfureux, brûlant, bouillant; infection, corruption!... Fi! fi! fi! pouah! pouah!—Honnête apothicaire, donne-moi une once de musc pour purifier mon imagination. Voilà de l'argent pour toi.

GLOCESTER.—Oh! laissez-moi baiser cette main.

LEAR.—Que je l'essuie d'abord, elle sent la mortalité.

GLOCESTER.—O ruines de l'oeuvre de la nature! Ce grand univers aussi finira par se réduire au néant.—Me reconnais-tu?

LEAR.—Je me rappelle assez bien tes yeux. Je crois que tu me regardes de travers. Fais du pis que tu pourras, aveugle Cupidon; non, je n'aimerai plus.— Lis ce cartel; remarques-en seulement les caractères.

GLOCESTER.—Quand toutes les lettres seraient autant de soleils, je n'en pourrais pas voir une seule.

EDGAR.—Je n'avais pu y croire sur le récit d'autrui; cela est bien vrai, et cela me brise le coeur.

LEAR.—Lis donc.

GLOCESTER.—Comment, avec l'orbite de l'oeil?

LEAR.—Oh! oh! est-ce bien vous qui êtes ici avec moi? et point d'yeux à votre tête, point d'argent dans votre bourse?—Vos yeux sont dans un cas très-grave, et l'état de votre bourse est léger[46]; et cependant vous voyez comme va le monde.

Note 46: (retour)

Your eyes are in a heavy case, your purse in a light. Il y a ici un triple jeu de mots sur *case* (cas, boîte, case) et sur *light* (léger, lumière). Cela était impossible à rendre.

GLOCESTER.—Je le vois parce que je le sens.

LEAR.—Quoi! es-tu fou? Un homme n'a pas besoin de ses yeux pour voir comment va le monde: regarde avec tes oreilles. Vois ce juge qui gourmande si sévèrement ce simple voleur. Un mot à l'oreille: change-les de place, et dis à pair ou non: «Qui est le juge? qui est le voleur?» As-tu vu le chien d'un fermier aboyer après un mendiant?

GLOCESTER.—Oui, seigneur.

LEAR.—Et la pauvre créature fuir devant le mâtin? Eh bien! tu as vu l'image parlante de l'autorité: on obéit à un chien quand il est en fonction. Coquin de sergent, retiens ta main sanguinaire. Pourquoi frappes-tu à coups de fouet cette fille de joie? Dépouille donc tes propres épaules, car tu brûles de commettre avec elle le péché pour lequel tu la châties. L'usurier fait pendre l'escroc. Les petits vices paraissent à travers les haillons de la misère; mais la robe, la simarre fourrée cachent tout. Couvre le péché d'une armure d'or, et la lance vigoureuse de la justice viendra s'y briser sans l'entamer: mais qu'il n'ait pour se défendre que des haillons, un pygmée va le percer d'une paille.—Personne ne fait de mal, personne, je dis personne: je les soutiendrai. Ami, tiens cela de moi, qui ai le pouvoir de fermer la bouche de l'accusateur.—Prends des lunettes, et, comme un malin politique, fais semblant de voir ce que tu ne vois pas.—Allons, allons, vite, vite, ôtez-moi mes bottes. Ferme, ferme; bon.

EDGAR.—Mélange de bon sens et d'extravagance! De la raison au milieu de la folie!

LEAR.—Si tu veux pleurer mes malheurs, prends mes yeux. Je te connais bien; tu te nommes Glocester. Il faut que tu prennes patience. Nous sommes venus dans ce monde en pleurant; tu le sais bien, la première fois que nous aspirons l'air, nous crions, nous pleurons. Je vais te prêcher, écoute-moi bien.

GLOCESTER.—Hélas! hélas!

LEAR.—Lorsque nous naissons, nous pleurons d'être arrivés sur ce grand théâtre de fous.—Voilà un bon chapeau. Ce serait un stratagème ingénieux que de ferrer un *escadron* de cavalerie avec du feutre. J'en ferai l'essai; et quand j'aurai ainsi surpris ces gendres, alors tue, tue, tue, tue, tue, tue!

(Entre un gentilhomme avec des valets.)

LE GENTILHOMME.—Oh! le voilà! Mettez la main sur lui.—Seigneur, votre chère fille....

LEAR.—Quoi, point de secours? Comment! moi prisonnier? je suis donc né pour être toujours le jouet de la fortune!—Traitez-moi bien, je vous payerai une rançon. Qu'on me donne des chirurgiens; j'ai la cervelle blessée.

LE GENTILHOMME.—Vous aurez tout ce qu'il vous plaira.

LEAR.—Quoi! personne qui me seconde? On me laisse à moi seul? Eh quoi! cela rendrait un homme, un homme de sel, capable de faire de ses yeux des arrosoirs, et d'en abattre la poussière d'automne.

LE GENTILHOMME.—Mon bon seigneur...

LEAR.—Je mourrai bravement comme un époux à la noce. Allons!—Je serai jovial; venez, venez: je suis un roi, savez-vous cela, mes maîtres?

GLOCESTER.—Vous êtes une personne royale, et nous sommes tous à vos ordres.

LEAR.—Alors il y a encore quelque chose à faire. Mais si vous l'attrapez, ce ne sera qu'à la course. Zest, zest.

(Il sort en courant.—Les valets le poursuivent.)

LE GENTILHOMME.—Spectacle digne de compassion dans le plus pauvre des misérables; au delà de toute expression dans un roi.—Tu as une fille qui sauve la nature de la malédiction générale que les deux autres ont attirée sur elle.

EDGAR.—Salut, mon bon monsieur.

LE GENTILHOMME.—Hâtez-vous; que voulez-vous?

EDGAR.—Avez-vous entendu dire, seigneur, qu'une bataille se prépare?

LE GENTILHOMME.—Certainement, c'est public: il ne faut qu'avoir des oreilles pour en être informé.

EDGAR.—Mais faites-moi le plaisir de me dire si l'autre armée est bien éloignée.

LE GENTILHOMME.—Non, elle s'avance en diligence; on s'attend à chaque instant à voir paraître le corps d'armée.

EDGAR.—Je vous remercie, monsieur; c'est tout.

LE GENTILHOMME.—Bien que des raisons particulières arrêtent ici la reine, son armée est en mouvement.

EDGAR.—Je vous remercie, monsieur.

(Le gentilhomme sort.)

GLOCESTER.—Vous, ô dieux toujours cléments, retirez-moi la vie, et ne permettez pas que mon mauvais génie vienne encore me tenter de mourir avant que ce soit votre bon plaisir.

EDGAR.—Vous priez bien, mon père!

GLOCESTER.—Mais vous, mon bon monsieur, qui êtes-vous?

EDGAR.—Le plus pauvre des hommes, dompté par les coups de la fortune, et que l'apprentissage des chagrins qu'il a connus et ressentis a rendu susceptible d'une douce pitié. Donnez-moi votre main; je vous conduirai vers quelque asile.

GLOCESTER.—Je te remercie du fond du coeur: puissent la bonté et la bénédiction du ciel te le rendre.

(Entre Oswald.)

OSWALD.—Ah! voici une heureuse capture! Il a été mis à prix.—La chair et les os de ta tête aveugle ont été fabriqués, je crois, pour faire ma fortune.—

Vieux, malheureux traître, recueille-toi bien vite; l'épée qui doit te détruire est levée.

GLOCESTER.—Que ta main secourable lui prête pour cela la force nécessaire.

(Edgar se met entre eux deux.)

OSWALD.—Pourquoi, rustre audacieux, oses-tu soutenir un traître mis à prix? Ote-toi de là, de peur que la contagion de sa destinée ne s'empare également de toi. Quitte son bras.

EDGAR, *en langage gallois*.—Che n'le quitterai pas, monchieur, sans en savouer des meilleures résons.

OSWALD.—Quitte-le, misérable, ou tu es mort.

EDGAR.—Mon pon chentilhomme, âllez vout' chémin, et laissez pâsser le pouv' monde. Si ch' âvais été pour céder côm' ça ma vie à ces ceux-là qui font tu pruit, a s'rait téjà moins lonque qu'a ne l'a été de quince chours. Allons, n'approuche pas de ce vieux hômme: ein peu loin, che vous avertis, ou nous verrons ce qui y a de pu dur de vout' caboche ou t' mon gourdin. Che vous parle tout bonnement, oui.

OSWALD.—Retire-toi, ordure.

EDGAR.—Che vous câsserai vos dents, monchieur; avancez.—Ch' m'embarrasse bien de vos pottes.

(Ils se battent. Edgar abat Oswald d'un coup de bâton.)

OSWALD.—Esclave, tu m'as tué. Prends ma bourse, vilain: si tu veux prospérer en ce monde, enterre mon corps, et remets la lettre que tu trouveras sur moi à Edmond, comte de Glocester: cherche-le dans l'armée anglaise.—O mort malencontreuse!

(Il meurt.)

EDGAR.—Oh! je te connais bien, officieux vilain, aussi dévoué aux vices de ta maîtresse que le pouvait désirer sa méchanceté.

GLOCESTER.—Quoi! est-il mort?

EDGAR.—Asseyez-vous, vieux père, reposez-vous.—Cherchons dans ses poches: ces lettres dont il parle peuvent m'être très-utiles.... Il est mort: je suis seulement fâché qu'il n'ait pas eu un autre bourreau que moi.—Voyons.... Permets, cire complaisante, et vous, bonnes manières, ne nous blâmez pas: pour savoir le secret de nos ennemis, nous leur ouvririons bien le coeur; ouvrir leurs papiers est plus légitime.

(Il lit la lettre.)

«Rappelez-vous nos serments mutuels; vous avez mille occasions de vous en défaire. Si la volonté ne vous manque pas, le temps et le lieu vous offriront des occasions dont vous saurez profiter. Il n'y a rien de fait s'il revient vainqueur: alors je serai sa captive, et son lit sera ma prison. Délivrez-moi du dégoût que j'y éprouve[47], et, pour votre salaire, prenez-y place. Votre épouse (voudrais-je dire) et affectionnée servante.

«GONERILLE.»

Note 47: (retour)

From the loathed warmth.

Oh! combien insensible est l'espace qui sépare les diverses volontés d'une femme!—Un complot contre les jours de son vertueux époux, et mon frère pris en échange!... Là, je vais te cacher dans le sable, message impie de deux impudiques assassins.—Quand il en sera temps, ce fâcheux papier frappera les yeux du duc dont on machine la perte. Il est heureux pour lui que je puisse lui apprendre à la fois et ta mort et l'affaire dont tu étais chargé.

(Edgar sort traînant dehors le corps d'Oswald.)

GLOCESTER.—Le roi est fou. Oh! combien est donc tenace mon odieuse raison, puisque je résiste et que j'ai le sentiment bien net de mes énormes chagrins! Il vaudrait bien mieux avoir perdu l'esprit: mes pensées alors seraient séparées de mes peines; et les erreurs de l'imagination ôtent aux douleurs la connaissance d'elles-mêmes.

(Rentre Edgar.)

EDGAR.—Donnez-moi votre main: il me semble entendre au loin le bruit des tambours.—Venez, vieux père, je vais vous confier à un ami.

SCÈNE VII

Une tente dans le camp des Français.—Lear est endormi sur un lit; près de lui sont un médecin, le gentilhomme et plusieurs autres personnes.

Entrent CORDÉLIA ET KENT.

CORDÉLIA.—O toi, bon Kent, comment ma vie et mes efforts pourront-ils suffire à m'acquitter de tes bienfaits? Ma vie sera trop courte, et tous mes moyens sont faibles pour y atteindre.

KENT.—Voir mes soins reconnus, madame, c'est en être trop payé. Tous mes récits sont d'accord avec la simple vérité: je n'ai rien ajouté, rien retranché; je vous ai dit les choses comme elles sont.

CORDÉLIA.—Prenez de meilleurs vêtements; ces habits me rappellent trop des heures cruelles. Je t'en prie, quitte-les.

KENT.—Excusez-moi, ma chère dame: être reconnu m'arrêterait dans les projets que j'ai formés.—Accordez-moi cette grâce de ne me point reconnaître jusqu'à ce que le temps et moi nous le trouvions bon.

CORDÉLIA.—Qu'il en soit donc ainsi, mon bon seigneur. (*Au médecin.*) Comment va le roi?

LE MÉDECIN.—Madame, il dort toujours.

CORDÉLIA.—Dieux bienfaisants, réparez cette grande plaie que lui ont faite les injures qu'il a souffertes; rétablissez les idées dérangées et discordantes de ce père métamorphosé par ses enfants.

LE MÉDECIN.—Votre Majesté permet-elle qu'on éveille le roi? Il y a longtemps qu'il repose.

CORDÉLIA.—Suivez ce que vous prescrit votre science, et faites ce que vous croyez à propos de faire.—Est-il habillé?

LE GENTILHOMME.—Oui, madame; à la faveur d'un sommeil profond, nous l'avons changé de vêtements.

LE MÉDECIN.—Ma bonne dame, soyez auprès de lui quand nous l'éveillerons: je ne doute pas qu'il ne soit calme.

CORDÉLIA.—Très-bien!

LE MÉDECIN.—Veuillez bien vous approcher.—Plus fort la musique.

CORDÉLIA.—O mon cher père! Guérison, suspends tes remèdes à mes lèvres, et que ce baiser répare le mal violent que mes deux soeurs ont fait tomber sur ta tête vénérable!

KENT.—Bonne et chère princesse!

CORDÉLIA.—Quand vous n'auriez pas été leur père, ces mèches blanches réclamaient leur pitié. Était-ce là un visage qui dût être exposé à la fureur des vents, supporter les profonds roulements du tonnerre aux coups redoutables, et les traits perçants et terribles des rapides éclairs qui se croisaient dans tous les sens? Te fallait-il affronter la nuit, pauvre aventurier[48], couvert d'une si légère armure?—Le chien de mon ennemi, m'eût-il mordue, aurait passé cette nuit-là auprès de mon feu; et toi, mon pauvre père, tu devais être forcé à chercher un abri parmi les pourceaux, les misérables abandonnés du ciel, sur la paille brisée et fangeuse!—Hélas! hélas! c'est un miracle que tout n'ait pas fini à la fois, ta raison et ta vie.—Il s'éveille; parlez-lui.

Note 48: (retour)

Poor perdu (enfant perdu); on sait que l'on donnait ce nom à des soldats plus aventureux ou plus exposés que les autres.

LE MÉDECIN.—Parlez, madame, cela vaut mieux.

CORDÉLIA.—Comment se trouve mon royal seigneur? comment se porte Votre Majesté?

LEAR.—Vous me faites bien du tort de me tirer du tombeau.... Toi, tu es une âme bienheureuse; mais je suis attaché sur une roue de feu, mes larmes brûlent comme du plomb fondu.

CORDÉLIA.—Me reconnaissez-vous, seigneur?

LEAR.—Vous êtes un esprit, je le sais: quand êtes-vous morte?

CORDÉLIA.—Toujours, toujours aussi égaré.

LE MÉDECIN.—Il est à peine éveillé; laissons-le un instant tranquille.

LEAR.—Où ai-je été? où suis-je?... Est-ce la belle lumière du jour?—Je suis cruellement maltraité: je mourrais vraiment de pitié de voir un autre souffrir ainsi.—Je ne sais que dire.... Je ne jurerais pas que ce soient là mes mains.— Voyons, je sens cette épingle me piquer.—Je voudrais bien être certain de mon état.

CORDÉLIA.—Oh! regardez-moi, seigneur: étendez sur moi vos mains pour me bénir.—Non, seigneur, il ne faut pas vous mettre à genoux.

LEAR.—Je vous en prie, ne vous moquez pas de moi. Je suis un pauvre bon radoteur de vieillard; j'ai plus de quatre-vingts ans, et, pour parler sincèrement, je crains de n'être pas tout à fait dans mon bon sens.... Il me semble que je devrais vous connaître, et connaître cet homme.—Cependant je doute; car je ne sais pas du tout ce que c'est que ce lieu-ci, et j'ai beau faire, je ne me rappelle pas ces vêtements; je ne sais pas non plus où j'ai logé la nuit dernière.... Ne vous moquez pas de moi; car, aussi vrai que je suis un homme, je crois que cette dame est ma fille Cordélia.

CORDÉLIA.—C'est moi! c'est moi!

LEAR.—Vos larmes mouillent-elles? Oui, en vérité.—Je vous en prie, ne pleurez pas. Si vous avez du poison pour moi, je le prendrai. Je sais bien que vous ne m'aimez pas; car vos soeurs, autant que je me le rappelle, m'ont fait du mal. Vous avez des raisons de ne pas m'aimer; elles n'en avaient pas.

CORDÉLIA.—Pas une raison, pas une seule.

LEAR.—Suis-je en France?

KENT.—Vous êtes dans votre royaume, seigneur.

LEAR.—Ne me trompez point.

LE MÉDECIN.—Consolez-vous, ma bonne dame; les accès de fureur, vous le voyez, sont passés; cependant il y aurait encore du danger à le ramener sur les temps dont il a perdu la mémoire. Engagez-le à rentrer; ne l'agitons plus jusqu'à ce que ses organes soient raffermis.

CORDÉLIA.—Plairait-il à Votre Altesse de marcher?

LEAR.—Il faut que vous me souteniez.—Je vous prie, maintenant oubliez et pardonnez; je suis vieux, et ma raison est affaiblie.

(Sortent Lear, Cordélia, le médecin et la suite.)

LE GENTILHOMME.—Est-il vrai, monsieur, que le duc de Cornouailles ait été tué de cette manière?

KENT.—Très-vrai, monsieur.

LE GENTILHOMME.—Et qui commande ses gens?

KENT.—On dit que c'est le fils bâtard de Glocester.

LE GENTILHOMME.—On assure qu'Edgar, le fils que le comte a chassé, est en Germanie avec le comte de Kent.

KENT.—Les ouï-dire sont variables. Il est temps de regarder autour de soi: les armées du royaume approchent à grands pas.

LE GENTILHOMME.—Il y a lieu de croire que l'affaire qui va se décider sera sanglante. Adieu, monsieur.

(Il sort.)

KENT.—Mon entreprise et mes travaux vont avoir leur fin, bonne ou mauvaise selon l'issue de cette bataille.

(Il sort.)

FIN DU QUATRIÈME ACTE.

ACTE CINQUIÈME

SCÈNE I

Le camp des Anglais, près de Douvres.

Entrent, avec tambours et enseignes, EDMOND, RÉGANE, DES OFFICIERS, *des soldats et autres.*

EDMOND, *à un officier.*—Sachez si le duc persiste dans son dernier projet, ou si quelque nouvelle idée l'a fait changer de plan. Il est plein d'irrésolutions et sans cesse en contradictions avec lui-même. Allez, et nous rapportez sa résolution décisive.

RÉGANE.—Le mari de notre soeur a certainement tourné tout à fait.

EDMOND.—Il n'y a pas à en douter, madame.

RÉGANE.—Maintenant, mon doux seigneur, vous savez tout le bien que je vous veux: dites-moi, mais franchement, mais bien en vérité, n'aimez-vous point ma soeur?

EDMOND.—D'une affection respectueuse.

RÉGANE.—Mais n'avez-vous point trouvé la route des lieux défendus à tout autre qu'à mon frère[42]?

Note 49: (retour)

My brother's way to the forefended place.

EDMOND.—Cette pensée vous abuse.

RÉGANE.—J'ai peur que vous n'ayez été uni bien étroitement avec elle, et autant que cela puisse être.

EDMOND.—Non, sur mon honneur, madame.

RÉGANE.—Je ne pourrai plus la souffrir.—Mon cher lord, point de familiarités avec elle.

EDMOND.—Soyez tranquille.—Mais la voici avec le duc son époux.

(Entrent Albanie, Gonerille, soldats.)

GONERILLE, *à part.*—J'aimerais mieux perdre la bataille que de supporter que ma soeur nous désunît, lui et moi.

ALBANIE.—Ma très-chère soeur, soyez la bien rencontrée.—Monsieur, je viens d'apprendre que le roi est allé rejoindre sa fille avec plusieurs personnes que la rigueur de notre gouvernement force d'appeler au secours.—Je n'ai jamais encore été brave, lorsque je n'ai pu l'être en conscience. Cette guerre nous regarde parce que le roi de France envahit nos États, et non parce qu'il soutient le roi et les autres personnes armées contre nous, je le crains, par de bien justes et de bien puissants motifs.

EDMOND.—C'est parler noblement, seigneur.

RÉGANE.—Et à quoi bon ce raisonnement?

GONERILLE.—Réunissons-nous contre l'ennemi: ce n'est pas le moment de s'occuper de ces querelles domestiques et personnelles.

ALBANIE.—Allons arrêter avec les plus anciens guerriers les mesures que nous devons prendre.

EDMOND.—Je vais vous rejoindre dans l'instant à votre tente.

RÉGANE.—Ma soeur, vous venez avec nous?

GONERILLE.—Non.

RÉGANE.—Cela vaut mieux: je vous en prie, venez avec nous.

GONERILLE, *à part*.—Oh! oh! je devine l'énigme...—Je viens.

(Au moment où ils sont prêts à sortir, entre Edgar déguisé.)

EDGAR.—Si jamais Votre Seigneurie s'est entretenue avec un homme aussi pauvre que moi, écoutez seulement un mot.

ALBANIE.—Je vous rejoins.—Parle.

(Sortent Edmond, Régane, Gonerille, les officiers, les soldats et la suite.)

EDGAR.—Avant de livrer la bataille, ouvrez cette lettre. Si vous remportez la victoire, faites appeler à son de trompe celui qui vous l'a remise. Quelque misérable que je paraisse, je puis produire un champion qui soutiendra ce qu'elle contient; si l'événement tourne contre vous, votre affaire est faite dans ce monde, et tout complot cesse.—Que la fortune vous soit amie!

ALBANIE.—Attends que j'aie lu cette lettre.

EDGAR.—On me l'a défendu. Quand il en sera temps, que le héraut m'appelle, et je reparaîtrai.

ALBANIE.—Soit, adieu, je lirai ce papier.

(Edgar sort.)

(Rentre Edmond.)

EDMOND.—L'ennemi est en vue; préparez vos forces. Voici un aperçu pris avec soin du nombre et des moyens de nos ennemis: mais on vous demande de vous hâter.

ALBANIE.—Nous serons prêts à temps.

(Il sort.)

EDMOND.—J'ai juré à ces deux soeurs que je les aimais: elles sont en méfiance l'une avec l'autre, comme l'est de la vipère celui qu'elle a mordu. Laquelle des deux prendrai-je? Toutes les deux? l'une des deux? Ni l'une ni l'autre?—Tant qu'elles seront toutes les deux en vie, je ne puis posséder ni l'une ni l'autre.—Prendre la veuve, c'est rendre furieuse sa soeur Gonerille; et le mari de celle-ci vivant, j'aurai de la peine à me maintenir. Commençons toujours par nous servir de son appui dans le combat; et, après, que celle qui a tant d'envie de se débarrasser de lui trouve les moyens de l'expédier promptement.—Quant à ses projets de clémence pour Lear et Cordélia, la bataille finie.... et eux entre nos mains, ils ne verront pas son pardon: mon rôle à moi est de me tenir sur la défensive, et non de discuter.

(Il sort.)

SCÈNE II

Un espace entre les deux camps.

(Bruits de combat.—Lear et Cordélia et leurs troupes entrent et sortent avec enseignes et tambours.)

Entrent EDGAR ET GLOCESTER.

EDGAR.—Vieux père, prenez ici l'hospitalité que vous offre l'ombrage de cet arbre; priez le ciel que la bonne cause l'emporte. Si jamais je reviens encore vers vous, je vous apporterai des nouvelles consolantes.

(Il sort.)

GLOCESTER.—La grâce du ciel vous accompagne, ami!

(Bruits de combat, puis une retraite.)

(Rentre Edgar.)

EDGAR.—Fuis, vieillard; donne-moi ta main: fuyons, le roi Lear a perdu la bataille; lui et sa fille sont prisonniers: donne-moi la main, marchons.

GLOCESTER.—Non, pas plus loin, mon cher: un homme peut pourrir même ici.

EDGAR.—Quoi! encore de mauvaises pensées! Il faut que les hommes subissent en ce monde l'ordre du départ comme celui de l'arrivée. Il ne s'agit que d'être prêt; venez.

GLOCESTER.—Vous avez raison.

(Ils sortent.)

SCÈNE III

Le camp anglais, près de Douvres.

Entrent EDMOND *triomphant, avec des enseignes et des tambours;* LEAR ET CORDÉLIA *prisonniers,* DES OFFICIERS, *des Soldats, etc.*

EDMOND, *à des officiers.*—Que quelques officiers se chargent de les emmener: bonne garde jusqu'au moment où ceux à qui il appartient de disposer de leur sort auront fait connaître leurs volontés.

CORDÉLIA.—Nous ne sommes pas les premiers qui, avec la meilleure intention, ont eu le plus mauvais sort. Je suis abattue pour toi, roi opprimé: il me serait autrement bien aisé de rendre à la fortune infidèle mépris pour mépris.—Ne verrons-nous point ces filles, ces soeurs?

LEAR.—Non, non, non, non, viens: allons à la prison; seuls ensemble, nous deux, nous y chanterons comme des oiseaux en cage. Quand tu me demanderas ma bénédiction, je me mettrai à genoux et je te demanderai pardon: nous vivrons ainsi en priant, en chantant; nous conterons de vieilles histoires, nous rirons des papillons dorés, et aussi d'entendre de pauvres diables s'entretenir des nouvelles de la cour; nous en causerons avec eux; nous dirons celui qui gagne, celui qui perd; qui entre, qui sort; nous expliquerons le secret des choses comme si nous étions les espions des dieux; et, de dedans les murs d'une prison, nous verrons passer les ligues et les partis des grands personnages qui fluent et refluent au gré de la lune.

EDMOND.—Emmenez-les.

LEAR.—Sur de tels sacrifices, ma Cordélia, les dieux eux-mêmes viennent jeter l'encens. T'ai-je donc retrouvée? Celui qui voudra nous séparer, il faudra qu'il apporte une des torches du ciel, et nous chasse d'ici par le feu comme des renards. Essuie tes yeux; la peste[50] les dévorera tous, chair et peau, avant

- 99 -

qu'ils nous fassent verser une larme; nous les verrons auparavant mourir de faim: viens.

Note 50: (retour)

The goujeers, maladie honteuse suivant les uns, la peste suivant d'autres.

(Lear et Cordélia sortent, accompagnés de gardes.)

EDMOND.—Ici, capitaine, un mot. Prends ce papier. (*Il lui donne un papier.*) Suis-les à la prison. Je t'ai avancé d'un grade: si tu obéis aux instructions contenues là-dedans, tu t'ouvres le chemin à une brillante fortune. Sache bien que les hommes sont ce que les fait la circonstance: un coeur tendre ne va pas avec une épée; cette grande mission ne souffre pas de discussion. Ou dis que tu le feras, ou cherche d'autres moyens de fortune.

L'OFFICIER.—Je le ferai, seigneur.

EDMOND.—A l'oeuvre alors, et tiens-toi pour heureux du moment que tu l'auras accomplie. Mais fais-y bien attention: c'est dans l'instant même, et il faut exécuter la chose comme je l'ai écrit.

L'OFFICIER.—Je ne peux pas traîner une charrette, ni manger l'avoine; si c'est l'ouvrage d'un homme, je le ferai.

(Il sort.)

Fanfares.—Entrent Albanie, Gonerille, Régane, officiers, suite.

ALBANIE.—Seigneur, vous avez montré aujourd'hui votre courage, et la fortune vous a bien servi. Vous tenez captifs ceux qui nous ont combattus dans cette journée: nous vous requérons de nous les remettre, pour disposer d'eux selon qu'en ordonneront à la fois notre sûreté et la justice qui leur est due.

EDMOND.—Seigneur, j'ai cru à propos d'envoyer ce vieux et misérable roi dans un endroit sûr où je le fais garder. Son âge, et plus encore son titre, ont un charme pour attirer vers lui le coeur des peuples, et pour tourner les lances que nous avons levées pour notre service contre les yeux de ceux qui les commandent. J'ai envoyé la reine avec lui pour les mêmes raisons: ils seront prêts à comparaître demain ou plus tard aux lieux où vous tiendrez votre cour de justice. En ce moment nous sommes couverts de sueur et de sang; l'ami a perdu son ami; et les guerres les plus justes sont, dans la chaleur du moment, maudites par ceux qui en ressentent les maux.... La décision du sort de Cordélia et de son père demande un lieu plus convenable.

ALBANIE.—Avec votre permission, monsieur, je vous regarde ici comme un soldat à mes ordres, et non pas comme un frère.

RÉGANE.—C'est précisément le titre dont il nous plaît de le gratifier: il me semble qu'avant de vous avancer si loin vous auriez pu vous informer de notre bon plaisir. Il a conduit nos troupes, il a été revêtu de mon autorité, il a représenté ma personne, ce qui lui permet bien de prétendre à l'égalité et de s'appeler votre frère.

GONERILLE.—Ne vous échauffez pas tant. C'est par ses talents qu'il s'est élevé, beaucoup plus que par vos faveurs.

RÉGANE.—Investi par moi de mes droits, il va de pair avec les meilleurs.

GONERILLE.—Ce serait tout au plus s'il devenait votre mari.

RÉGANE.—Badinage est souvent prophétie.

GONERILLE,—Holà! holà! l'oeil qui vous a fait voir cela voyait un peu louche.

RÉGANE.—Madame, je ne me sens pas bien; autrement je vous dirais tout ce que j'ai sur le coeur. (*A Edmond.*)—Général, prends mes soldats, mes prisonniers, mon patrimoine; dispose d'eux, de moi-même; la place t'est rendue. Je prends ici le monde à témoin que je te fais mon seigneur et maître.

GONERILLE, *à Régane.*—Prétendez-vous le posséder?

ALBANIE.—Une telle décision ne dépend pas de votre bon plaisir.

EDMOND.—Ni du tien, seigneur.

ALBANIE.—Certes si, vil métis.

RÉGANE, *à Edmond.*—Fais battre le tambour, et prouve que mes droits sont les tiens.

ALBANIE.—Attendez encore; écoutez la raison.—Edmond, je t'accuse ici de haute trahison, et dans l'accusation je comprends ce serpent doré (*montrant Gonerille*).—Quant à vos prétentions, mon aimable soeur, je m'y oppose dans l'intérêt de ma femme: elle a sous-traité avec ce seigneur, et moi, comme son mari, je mets opposition à vos bans: si vous voulez vous marier, c'est à moi qu'il vous faut faire l'amour; madame lui est promise.

GONERILLE.—C'est une comédie!

ALBANIE.—Tu es armé, Glocester; que la trompette sonne; et si personne ne paraît pour prouver contre toi tes trahisons odieuses, manifestes, accumulées, voilà mon gage. (*Il jette son gant.*) Avant que j'aie mangé un morceau de pain, je prouverai dans ton coeur que tu es tout ce que je viens de te proclamer.

RÉGANE.—Oh! je me sens mal, très-mal.

GONERILLE, *à part*.—Si tu ne l'étais pas, je ne me fierais jamais plus au poison.

EDMOND, *jetant son gant*.—Voilà mon gant en échange. Qui que ce soit au monde qui me nomme traître, il en a menti comme un vilain. Fais appeler à son de trompe, et si quelqu'un ose s'approcher: contre lui, contre toi, contre tout venant, je maintiendrai fermement ma loyauté et mon honneur.

ALBANIE.—Holà! un héraut!

EDMOND.—Un héraut! holà! un héraut!

ALBANIE.—N'attends rien que de ta seule valeur, car tes soldats, levés en mon nom, ont en mon nom reçu leur congé.

RÉGANE.—La souffrance triomphe de moi.

ALBANIE.—Elle n'est pas bien; conduisez-la dans ma tente. (*Régane sort accompagnée. Entre un héraut.*)—Approche, héraut: que la trompette sonne, et lis ceci à haute voix.

UN OFFICIER.—Sonnez, trompette.

LE HÉRAUT *lit*.—«S'il est dans l'armée quelque homme de rang et de qualité convenable qui veuille soutenir contre Edmond, soi-disant comte de Glocester, qu'il est plusieurs fois traître, qu'il paraisse au troisième son de la trompette: Edmond soutient hardiment le contraire.»

EDMOND.—Sonnez.

(Premier ban de la trompe.)

LE HÉRAUT.—Encore.

(Deuxième ban.)

—Encore.

(Troisième ban.—Un moment après une autre trompette répond du dehors.)

(Edgar entre armé, précédé d'un trompette.)

ALBANIE, *au héraut*.—Demande-lui quel est son dessein, et pourquoi il paraît à l'appel de la trompette.

LE HÉRAUT.—Qui êtes-vous? votre nom, votre qualité, et pourquoi répondez-vous à cette sommation?

EDGAR.—Sachez que j'ai perdu mon nom, mordu d'un cancre et rongé par la dent aiguë de la trahison: cependant je suis noble tout autant que l'adversaire que je viens combattre.

ALBANIE.—Quel est cet adversaire?

EDGAR.—Quel est-il celui qui parle pour Edmond, comte de Glocester?

EDMOND.—Lui-même! Qu'as-tu à lui dire?

EDGAR.—Tire ton épée, afin que si mon langage offense un noble coeur, ton bras puisse te faire justice. Voici la mienne. C'est le privilége de mon rang, de mon serment et de ma profession. Je proteste, malgré ta force, ta jeunesse, ton rang, ta situation, en dépit de ton épée victorieuse, de ta nouvelle fortune toute chaude encore, de ton courage et de ton coeur, que tu n'es qu'un traître, déloyal envers tes dieux, ton frère, ton père; que tu conspires contre les jours de ce haut et puissant prince, et que tu es depuis le sommet de ta tête, dans tout ton corps, et jusqu'à la poussière qui est sous tes pieds, un traître souillé comme un crapaud. Si tu dis non, cette épée, ce bras, et tout ce que j'ai de courage, sont disposés à prouver dans ton coeur, auquel je parle, que tu en as menti.

EDMOND.—En bonne prudence, je devrais te demander ton nom. Mais comme tu te montres sous les apparences d'un franc et brave chevalier, que tes discours ont quelque saveur de bonne éducation, je dédaigne et repousse ces formalités de précaution que, dans les règles et par les lois de la chevalerie, j'aurais le droit d'exiger. Je te rejette à la tête ces trahisons, j'écrase ton coeur sous ton odieux mensonge infernal; et comme les injures ne font que passer à côté de ton corps sans le briser, mon épée va leur ouvrir la route du lieu où elles disparaîtront pour toujours.—Sonnez, trompettes.

(Ils se battent.—Edmond tombe.)

ALBANIE.—O épargnez-le, épargnez-le.

GONERILLE.—C'est une trahison.—Glocester, par la loi des armes, tu n'étais pas obligé de répondre à un adversaire inconnu: tu n'es pas vaincu; tu es trompé, pris dans un piége.

ALBANIE.—Fermez la bouche, Madame, ou je vais la clore avec ce papier.—Tenez, monsieur. (*Il donne le papier à Edmond.*)—Et toi, pire que tous les noms qu'on pourrait te donner, lis tes propres crimes.... Ne le déchirez pas, madame: je vois que vous le connaissez.

GONERILLE.—Eh bien! dis: si je le reconnais, les lois sont à moi et non pas à toi, qui me citera en justice?

ALBANIE.—Monstrueuse audace! Connais-tu ce papier?

GONERILLE.—Ne me demandez pas ce que je connais.

(Elle sort.)

ALBANIE, *à un officier.*—Suivez-la; elle est furieuse: veillez sur elle.

EDMOND.—Tout ce que vous m'avez imputé je l'ai fait, et plus, et beaucoup plus encore.—Le temps mettra tout à découvert.—Tout cela est passé.... et moi aussi!—Mais qui es-tu, toi, qui as eu le bonheur de l'emporter sur moi? Si tu es noble, je te le pardonne.

EDGAR.—Faisons échange de miséricorde. Mon sang n'est pas moins noble que le tien, Edmond; et s'il l'est davantage, tu n'en as que plus de tort envers moi. Mon nom est Edgar; je suis le fils de ton père. Les dieux sont justes; ils font de nos vices chéris la verge dont ils nous châtient; le lieu de ténèbres et de vices où il t'a engendré lui a coûté les yeux.

EDMOND.—Tu as raison, c'est vrai: la roue a achevé son tour, et me voici!

ALBANIE.—Il m'avait bien semblé que ton maintien annonçait un sang royal.—Il faut que je t'embrasse! Que le chagrin brise mon coeur si j'ai jamais haï ni toi ni ton père.

EDGAR.—Digne prince, je le sais bien.

ALBANIE.—Où vous êtes-vous caché? Comment avez-vous connu les malheurs de votre père?

EDGAR.—En le secourant, seigneur. Écoutez un court récit; et quand j'aurai fini, oh! si mon coeur pouvait alors se rompre!....—Pour échapper à la sanglante proscription qui menaçait ma tête de si près (ô douceur de la vie! qui nous fait préférer de mourir à chaque instant des angoisses de la mort, plutôt que de mourir une fois!) j'ai imaginé de me déguiser sous les haillons d'un mendiant insensé, et de me revêtir d'une apparence que les chiens eux-mêmes méprisaient. C'est dans ce travestissement que j'ai rencontré mon père, les anneaux de ses yeux tout saignants; il venait d'en perdre les précieuses pierres. Je suis devenu son guide, je l'ai soutenu, j'ai mendié pour lui, je l'ai sauvé du désespoir. Jamais, oh! quelle faute! je ne me suis découvert à lui, jusqu'à cette dernière demi-heure, lorsque tout armé, et non pas sûr du succès, bien que plein d'espoir, je lui ai demandé sa bénédiction, et depuis le commencement jusqu'à la fin je lui ai raconté mon pèlerinage. Mais, brisé entre deux passions contraires, l'excès de la joie et celui de la douleur, son coeur, hélas! trop faible pour supporter ce combat, s'est rompu avec un sourire.

EDMOND.—Votre récit m'a touché, et peut-être produira-t-il quelque bien. Parlez encore; vous avez l'air d'avoir quelque chose de plus à dire.

ALBANIE.—Oh! s'il y a quelque chose de plus déplorable encore, gardez-le; je me sens déjà mourir pour en avoir tant entendu.

EDGAR.—A celui qui craint l'affliction, ceci en aurait pu paraître le terme; mais un autre trouvera encore de quoi l'augmenter et arriver à son dernier degré.—Tandis que j'éclatais en cris douloureux, survient un homme qui, m'ayant vu jadis dans la plus mauvaise situation, fuyait mon odieuse société; mais, reconnaissant alors quel était celui qui avait tant souffert, il se jette à mon cou, me serre dans ses bras vigoureux, et semblant de ses hurlements vouloir percer les cieux, il se précipite sur le corps de mon père, et me fait sur lui et sur Lear le plus déplorable récit que l'oreille ait jamais entendu. A mesure qu'il racontait, sa douleur devenait plus puissante, les fils de la vie commençaient à se rompre....—La trompette a sonné pour la seconde fois: je l'ai laissé évanoui.

ALBANIE.—Et qui était cet homme?

EDGAR.—Kent, seigneur; Kent banni, et qui, déguisé, avait suivi le roi son ennemi, et lui avait rendu des services qui n'eussent pas convenu à un esclave.

(Entre précipitamment un gentilhomme un poignard sanglant à la main.)

LE GENTILHOMME.—Au secours! au secours! Oh! du secours!

EDGAR.—Quel genre de secours?

ALBANIE.—Homme, parle.

EDGAR.—Que veut dire ce poignard sanglant?

LE GENTILHOMME.—Il est chaud encore, il est fumant; il sort du coeur....

ALBANIE.—De qui? parle.

LE GENTILHOMME.—De votre épouse, seigneur, de votre épouse; et sa soeur a été empoisonnée par elle: elle l'a avoué.

EDMOND.—J'étais engagé à l'une et à l'autre; et dans un même instant nous voilà mariés tous trois!

ALBANIE.—Qu'on apporte leurs corps, vivants ou morts.—Ce jugement du ciel nous épouvante, mais ne nous touche d'aucune pitié.

(Le gentilhomme sort.)

(Entre Kent.)

EDGAR.—Voilà Kent qui vient, seigneur.

ALBANIE.—Oh! est-ce lui?—Les circonstances ne permettent pas ici les formes que demanderait la politesse.

KENT.—Je suis venu souhaiter le bonsoir pour toujours à mon maître et à mon roi. N'est-il point ici?

ALBANIE.—Quel soin important nous avions oublié!—Parle, Edmond: où est le roi? où est Cordélia?—Vois-tu ce spectacle, Kent?

(On apporte les corps de Régane et de Gonerille.)

KENT.—Hélas! et pourquoi?

EDMOND.—Eh bien! pourtant Edmond était aimé! L'une a empoisonné l'autre par amour pour moi, et s'est poignardée après.

ALBANIE.—C'est la vérité.—Couvrez leurs visages.

EDMOND.—La respiration me manque, je me meurs.... Je veux faire un peu de bien en dépit de ma propre nature.... Envoyez promptement.... hâtez-vous.... au château: mon ordre écrit met en ce moment en danger la vie de Lear et de Cordélia.... Ah! envoyez à temps.

ALBANIE.—Courez, courez; oh! courez.

EDGAR.—Vers qui, monseigneur? qui en est chargé?—Envoie donc ton gage de sursis.

EDMOND.—Tu as raison. Prends mon épée; remets-la au capitaine.

ALBANIE.—Hâte-toi, sur ta vie!

(Edgar sort.)

EDMOND.—Il a été chargé par ta femme et par moi d'étrangler Cordélia dans la prison, et d'accuser de sa mort son propre désespoir.

ALBANIE.—Que les dieux la défendent!—Emportez-le à quelque distance.

(On emporte Edmond.)

(Entrent Lear, tenant Cordélia morte dans ses bras, Edgar, l'officier et d'autres.)

LEAR.—Hurlez, hurlez, hurlez, hurlez! Oh! vous êtes des hommes de pierre. Si j'avais vos voix et vos yeux, je m'en servirais à fendre la voûte du firmament. Oh! elle est partie pour jamais.—Je vois bien si quelqu'un est vivant ou s'il est mort.—Elle est morte comme la terre.—Prêtez-moi un miroir: si son haleine en obscurcit ou en ternit la surface, alors elle vivrait encore.

KENT.—Est-ce donc la fin du monde?

EDGAR.—Ou l'image de l'abomination de la désolation?

ALBANIE.—Que tout tombe et s'arrête!

LEAR.—La plume remue: elle vit.—Oh! si elle vit, c'est un bonheur qui rachète tous les chagrins que j'aie jamais sentis.

KENT, *se mettant à genoux.*—O mon bon maître!

LEAR.—Laisse-moi, je te prie.

EDGAR.—C'est le noble Kent, votre ami.

LEAR.—Malédiction sur vous tous, assassins, traîtres que vous êtes. Je l'aurais pu sauver; maintenant elle est partie pour toujours.—Cordélia, Cordélia, attends un moment.—Ah! que dis-tu?—Sa voix était toujours douce, pure et calme, chose excellente chez une femme.—J'ai tué l'esclave qui l'étranglait.

LE GENTILHOMME.—Cela est vrai, milords, il l'a fait.

LEAR.—N'est-ce pas, ami?—J'ai vu le jour où, avec ma bonne épée tranchante, je les aurais tous fait danser. Je suis vieux à présent, et toutes ces épreuves m'achèvent. (*A Kent.*)—Qui êtes-vous? Mes yeux ne sont pas des meilleurs: je vais vous le dire tout à l'heure.

KENT.—S'il est deux hommes que la fortune se vante d'avoir aimés et haïs, chacun de nous en voit un.

LEAR.—Ma vue est bien mauvaise.—N'êtes-vous pas Kent?

KENT.—Lui-même, Kent votre serviteur. Où est votre serviteur Caïus?

LEAR.—C'est un bon garçon, je peux vous l'assurer: il sait frapper, et preste encore. Il est mort et pourri.

KENT.—Non, mon bon maître: c'est moi-même.

LEAR.—Je vais voir cela tout à l'heure.

KENT.—C'est moi qui, depuis le commencement de vos vicissitudes et de vos pertes, ai suivi vos tristes pas.

LEAR.—Vous êtes ici le bienvenu.

KENT.—Ni moi, ni personne: tout est ici triste, sombre et dans le deuil. Vos filles aînées ont prévenu leur arrêt, et ont péri d'une mort désespérée.

LEAR.—Oui, je le crois bien.

ALBANIE.—Il ne sait pas ce qu'il dit, et c'est en vain que nous nous offrons à ses yeux.

EDGAR.—Oh! très-inutilement.

(Entre un officier.)

L'OFFICIER.—Seigneur, Edmond est mort.

ALBANIE.—Ce n'est qu'une bagatelle ici.—Vous, seigneurs et nobles amis, écoutez nos intentions. Tout ce qui sera en notre pouvoir pour réparer ce grand désastre, nous le ferons. Pour nous, durant la vie du vieux roi, nous lui remettons l'absolu pouvoir. (*A Edgar et à Kent.*)—Nous vous rétablissons dans tous vos droits, en y ajoutant de nouveaux honneurs que votre noble conduite a plus que mérités. Tous nos amis recevront la récompense de leurs vertus, et nos ennemis boiront dans la coupe amère qui leur est due.—Oh! voyez! voyez!

LEAR.—Et ils ont étranglé mon pauvre fou[51]! Non, non, non, plus de vie. Quoi! un chien, un chat, un rat ont de la vie; et toi pas la moindre haleine! Oh! tu ne reviendras plus, jamais, jamais, jamais, jamais!—Défaites ce bouton, je vous en prie.—Je vous remercie, monsieur.—Voyez-vous cela?.... regardez-la.... regardez.... ses lèvres.... regardez.... regardez....

(Il meurt.)

Note 51: <u>(retour)</u>

And my poor fool is hanged!

On n'a jamais pu s'accorder en Angleterre sur le sens de ces paroles de Lear: les uns ont voulu supposer qu'on avait aussi étranglé le fou, ce que rien n'indique dans la pièce, et ce que rien ne permet de supposer; d'autres ont cru que *my poor fool*, expression de tendresse quelquefois employée, s'adresse ici à Cordélia; mais Lear ne s'en est pas servi une seule fois envers elle, et les expressions de son amour pour elle ont, en général, quelque chose de plus exalté: cependant il est évident que c'est d'elle qu'il s'occupe. N'est-il pas vraisemblable que dans son égarement ses idées se confondent, et que la perte de son fou, qu'il a aimé, qu'il a plaint dans sa folie, vient se mêler à celle de Cordélia qu'il pleure? Du reste, cette explication est arbitraire comme la plupart de celles qu'on peut vouloir essayer de donner sur les obscurités de cette pièce; c'est ce qui fait qu'on n'a pas cru devoir multiplier les notes.

EDGAR.—Il perd connaissance.... Seigneur, seigneur!

KENT.—Brise-toi, mon coeur; je t'en prie, brise-toi.

EDGAR.—Seigneur, ouvrez les yeux.

KENT.—Ne tourmentez pas son âme; laissez-le s'en aller. C'est le haïr que de vouloir l'étendre plus longtemps sur le chevalet de cette rude vie.

EDGAR.—Oh! il est mort en effet.

KENT.—Ce qui m'étonne, c'est qu'il ait pu souffrir si longtemps: il usurpait la vie.

ALBANIE.—Emportez ces corps: le malheur commun est l'objet qui réclame nos soins. (*A Kent et à Edgar.*)—Vous, amis de mon coeur, commandez tous deux dans ce royaume, et rendez des forces à l'État ensanglanté.

KENT.—J'ai bientôt un voyage à faire, seigneur: mon maître m'appelle, et je ne puis lui dire non.

ALBANIE.—Il faut subir le poids de ces temps d'affliction, dire ce que nous sentons, et non tout ce qu'il y aurait à dire. Le plus vieux est celui qui a le plus souffert. Nous qui sommes jeunes, nous ne verrons jamais ni tant de maux, ni tant de jours.

(Ils sortent au son d'une musique funèbre.)

FIN DU CINQUIÈME ET DERNIER ACTE.